淺草紅團

浅草紅団 · 浅草祭

Asakusa Kurenai Dan,

Asakusa Matsuri

川端康成

Kawabata Yasunari

劉子倩 譯

目次
contents

導讀

淺草——虛無而絢爛的世界

張文薰

如果是從〈伊豆的舞孃〉、《雪國》熟悉川端康成的讀者，翻開《淺草紅團》必然會感到困惑：我到底看了什麼？

首先，「紅團」是一個偶像團體嗎？站C位的是俏皮的弓子、嬌媚的春子、還是帶著憂鬱眼神的明哥兒？一天到晚在淺草大街小巷漫步的「我」又是誰？爲偶像魂牽夢縈的粉絲，還是掌握一切的總製作？

〈伊豆的舞孃〉是旅行戀情、《古都》是雙胞胎身世交錯、《雪國》有中年作家的不倫戀，《淺草紅團》卻很難一言簡述故事線。敘事者「我」明明帶有具體目的來到淺草——

〈淺草紅團〉要為紅團成員撰寫劇本、〈淺草祭〉想考察稚兒裝束——但之後的敘事走向、「我」的足跡與感受，卻都與這個目的沒有關聯，一再分歧出叉，小說最後也沒有交代這個目的是否達標。

難怪文學評論家前田愛會以「打翻的玩具箱」來形容混亂、缺乏頭緒的初閱讀感受，不過更重要的是，這個看似孩童無心失手或搗蛋的行為，是川端康成刻意為之。一個在十五歲之前就失去所有親人的青年，不斷藉著在紙上營造的小說世界、在現實的環境中重建孩童時代，試圖藉由發現「童心」來喚起人性的善與美。然後又在下一個瞬間，破壞、捨棄、翻桌顛倒已擁有的安穩靜好。孩童也是人，童心不是未沾染世俗的人性，童心就是人性。

川端康成筆下的少女，正是描寫這種時而純真無瑕、卻又反覆無常的心靈狀態的具現。谷崎潤一郎筆下的少女春琴、Naomi也令人印象深刻，不過川端康成的少女總是晶瑩剔透卻又脆弱堪憐，即便使壞也讓人心疼。〈伊豆的舞孃〉裡純真無邪的舞孃小薰，《雪國》裡深情堅忍的駒子與葉子；還有《初戀小說》集中被反覆增寫的初戀對象，這名訂婚後一個月隨即反悔的負心少女原名伊藤初代、暱稱千代，從僅存的老照片中都可以看出她蒼白的容顏輪廓精緻秀美，孤兒般的身世與川端康成相仿，楚楚可憐。談吐大方、性格直快的她卻在川端康成開心準備婚後新居的同時，突然以「非常之事」寥寥數語交代悔婚。原本已描繪讓對方在與自己結婚後，過上「孩童般的生活」的美夢，對方卻連分手、毀婚的理由都不說。

這次背叛成爲川端康成追尋終身的謎題，百思不解的他甚至從神祕的命理找答案，歸咎以「千代」爲名的人與自己犯沖、或生於「丙午年」的女孩性格特異，來解釋那「美麗、好勝、倔強、好鬥、機靈、花心、三心二意、敏感、尖銳、活潑、自由、新鮮」的衝突矛盾女性，心裡卻始終無法放下。作家只能用他最爲擅長的文字來探討心靈之謎，這個爲川端康成人生帶來巨大挫折的對象，在《初戀小說》中宛如觀音般化身爲千代、三千子、稚枝子、希沙子、加代子，還有弓子。

同名少女弓子也是〈淺草紅團〉的主角、是〈淺草祭〉中「我」心心念念卻未曾現身的故人。少女可以拯救孤單的靈魂，也可以飛蛾撲火般毀棄人生的甜美，從鏡面光潔的靈魂表層割出裂縫，讓藝術家開出罪惡之花蕾。一個具決定性意義的差異是，川端康成是在東京的咖啡店認識千代，而不是在故鄉大阪鄉下、或是伊豆、新瀉的山間。〈伊豆的舞孃〉、《雪國》分別在瑩潤的半島山徑、以及埋卻此身無覓處的漫天雪地中，閃現背負沉重身世的少女身姿。終將墜入惘惘紅塵的少女，面對冷涼如水的命運，卻仍無私地分享善意與天眞，使主角與讀者在人生徒然與世道艱難的現實中，獲得一絲前進的力量。弓子在《淺草紅團》中，扮演這個牽引讀者心魂的角色，其身世與容顏一樣令人憐惜；但當背景從青山雪夜的自然換成了高樓入雲、鐵道穿地的鋼筋水泥都市，觀看少女的眼神、烘托反覆神祕個性的環境，勢必有所不同。

同樣是東京都會的主要街區，銀座、新宿都比不上淺草，一處最適合孕育惡之華的地方。除了本書中的〈淺草紅團〉、〈淺草祭〉之外，川端康成的「淺草文」系列還包括〈淺草的姊妹〉、〈淺草的九官鳥〉等共七篇。創作時代與主題，大約都接續在〈伊豆的舞孃〉之後，而在《雪國》之前。「淺草文」系列中時期最早的是一九三〇年四月的〈水族館的舞孃〉，最後一篇是未完成的〈淺草祭〉。順帶一提，〈淺草祭〉從一九三四年九月開始分六回連載，過程中屢次因敗壞風俗而遭受刪除段落的懲罰。時至今日，被川端康成自棄爲「拙劣的舊作」（〈淺草祭〉序，頁一五）的〈淺草紅團〉，卻是與《古都》、《千羽鶴》等並列的傳世名作。有趣的是，雖然後來只有〈淺草紅團〉與續篇〈淺草祭〉多次再版，但「淺草文」系列中的「水族館」、「姊妹」、「九官鳥」等意象，卻都在〈淺草紅團〉與續篇扮演重要角色，成爲「淺草」這個世界的重要元素。

雖然是續篇，但讀者不妨以推理小說的方式，從事件已經發生的〈淺草祭〉讀起。藝術成就不若〈淺草紅團〉的〈淺草祭〉有相對明晰的結構，故事重心從辻本到白井、村木兩對男女、阿春（就是紅團的春子）、再回到辻本與其同居女性（可能就是弓子），宛如戲劇換幕般的結構，其中糾葛不清的人際關係圖，可幫助讀者回頭理解換幕更爲迅速、場景更爲細碎交雜的〈淺草紅團〉。人物彼此之間交疊關聯，時而對立時而相繫，情緒的高昂沉落、情感的好惡都會依位置與立場的變換，而轉瞬變化。不在其間的人絕難理解：弓子的姊姊在關東大地震那天發瘋，是因爲被赤木拋棄或是性侵？爲姊姊報仇的弓子設計毒殺赤木之前，對其訴情是爲了引君入甕或是求愛？弓子對於發瘋而必須時時照顧的姊姊，有沒有一點怨恨？弓子扮作明哥兒是爲了什麼？春子心儀的是明哥兒還是弓子？還有，追究這些答案，眞的有意義嗎？

淺草以延續自江戶的濃厚「人情」著稱至今，甚至成爲招攬觀光的口號。所謂的「人情」，大概近似「台灣最美的風景是人」，指向一種包容他人、和善親切的態度。但在〈淺草祭〉開頭，一封信函就揭露了淺草其實極其排外的面向：六區不算淺草、考察舊事寫不出淺草的眞面目、色情與詭異不是淺草的本質。如果淺草不是保守與警戒，那麼自維新以來的種種世變而來到淺草的底層人群如「紅團」成員，何以需要以賣藝、賣春、乞食、詐騙維生？從江戶到明治時代轉換期的種種二元對立元素：新與舊、道德與效益、理性與感性，以飽滿原色調充塡出淺草的刺眼景觀。川端康成看穿了那些對於科學、文明、效率、美德的追求，在淺草不過是一種表演，換上裝束塗抹妝容就可以上戲進入另一個角色的表演。

但戲子可有眞心嗎?川端康成對於人情的大哉問，以弓子給出了頭緒。弓子自稱「地震的女兒」，會彈鋼琴的她在地震前應該也有著備受呵護的童年，但這樣的純眞時光卻因爲姊姊發瘋而結束，讓她成爲「紅團」首領在淺草歡樂街的狹縫求生，人生目的只剩下向赤木報仇。弓子爲了避免如姊姊所遇的災厄而壓抑自我，以及爲了滿足「紅團」的各種臨時僱傭工作而扮裝，鋼琴女孩、單車少年、純白外套的千金小姐都是弓子，在木馬館、玉木館、水族館中現身穿梭，自在如風。「我」是弓子引領進入淺草深處的顧客，卻也是要幫助紅團演出獲益的製作人，最後才發現自己成爲弓子設局的見證者，甚至無法辨識弓子與赤木的關係。這純眞的少女原來懷有心計，背叛了「我」的期待。但是何者重要呢?動機與結果、手段與目的，就如弓子的性別混同、妹妹上位取代姊姊一樣不再截然清楚。如果再回到〈淺草祭〉，時隔五年後的「我」是爲了「了解稚兒裝束」再來到淺草，而其實江戶時代的「稚兒」，雖是在寺院打雜寄生的少年，卻也因年幼稚弱，而同時淪爲男性解放情慾的對象。

●紙做的氣球如青蠟般閃耀光芒，應該是霓虹燈映照的效果。綿綿細雨暫時停了，夜晚後街飄起的氣球彷彿秋天的裸體。

驀地響起的掌音令人心底升起寒意。（〈淺草祭〉十四，頁五四）

●連電車內都張貼廣告宣傳「時代最尖端的文化之花」，但在地下鐵食堂的樓頂，躲在

白布幕後、露出棉襪的女服務生吹奏著口琴——這古老又可悲的樂器。（〈淺草紅團〉三十一。頁一八六）

扮裝、變身、調情、背叛，這些到底是維生的手段？或是擺布他人的樂趣？川端康成以詩意、精巧的筆墨，調和了淺草人所被迫面對的生存危機。精緻的譬喻、新穎的聯想，閃耀爍目的光彩，《淺草紅團》可以是當代淺草懷舊旅行的指南，也可以是日本現代主義與「新感覺派」的實踐文本，更可以是一則比美張愛玲上海的傳奇。

（本文作者爲臺灣大學臺文所副教授兼所長）

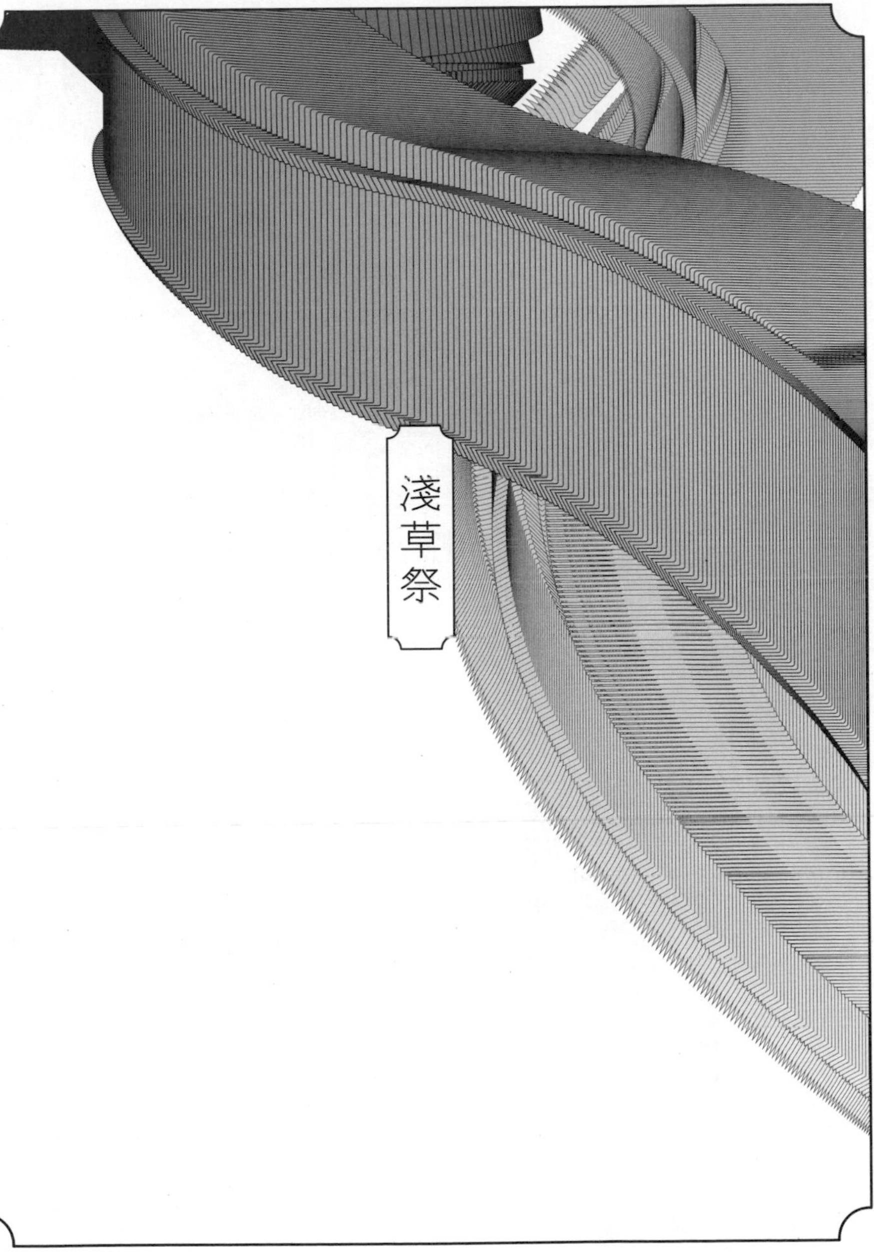

淺草祭

序

《淺草紅團》的前篇有以下四種單行本版本：《淺草紅團》（先進社）、《新興藝術派文學集》（改造社「現代日本文學全集」）、《淺草紅團》（春陽堂「日本小說文庫」）、《淺草紅團》（「改造文庫」）。——至於春陽堂發行的《摩登．東京．圓舞曲》中的〈淺草紅團〉爲摘錄出版，內容篇幅不及本書的三分之一。

這篇續集的讀者，可以參照上述四種單行本中任何一本，即使不看前篇就閱讀續篇也毫無影響。就作者的藝術良心而言，寧可讀者不看前篇更好。我在本雜誌七月號的預告中也曾這樣寫道：

「轉眼已過了六年，就自從我校正先進社出版的《淺草紅團》以來，就未曾重讀這篇拙作，之後四種單行本的校正都是委託他人，甚至已記不得是什麼文體。六年後再來模仿當初一氣呵成的態勢，恐怕只會厭煩得想吐，也懷疑自己是否做得到。即便著眼於淺草百態，感受或也與之前大不相同，但我還是想寫出盡量接近前篇的續稿。」

如今我在相隔五年後試著重讀前篇，實乃爲寫續稿迫不得已之舉。但我對舊作的拙劣失望困惑之餘，實則更感到意外與不可思議。〈淺草紅團〉一作僥倖博得些許好評，作者自己該不會就因此昏了頭，活在幻想之中，忘了作品的眞面目吧。我對自己的昏昧深感羞愧，但是寫完作品就扔到一邊再也不回顧的我，的確可能發生這種事。而且不只是我，想必在許多作家自身、以及針對作品的評論上，這種情形也絕不罕見。

我完全沒料到寫續稿的困難竟在此處，這是意外的伏兵。光是瀏覽僅兩百頁的舊作就費了四天工夫，眞的「厭煩得想吐」，我很後悔自己爲何起意寫這種東西的續篇。但實際上，連我自己也沒想到〈淺草紅團〉竟是如此拙劣的作品，迄今仍無法置信。因此若容我這個作者自辯，作家即將執筆新作前，就算讀了他人的名作都會胸悶作嘔、完全看不下去，遑論自作。或許幾分是出於這般亢奮所導致的誇張反應。饒是如此，前篇之拙劣在我看來已毋庸置疑，因此我決定將續稿改名爲「淺草祭」。事到如今當然不可能是爲了讓前篇起死回生才寫續稿，但續稿若能讓前篇增添活力，那就是意外之喜了。雖然通篇皆爲無用之言，然心中略有所感，因此爲序。

淺草信函

一

我想了解稚兒[1]裝束，特地拜訪淺草寺的網野宥俊大師。因爲淺草松屋百貨的「淺草今昔展」懷舊資料近半都是宥俊大師一人所提供。彼此雖毫無淵源，我還是厚著臉皮冒昧找上門。

回程，我順道去了芝崎町的三春喫茶店。我和三春是老交情了，店家原是賣關東煮的，還給在水族館表演的Casino Folies劇團送便當。染有劇團男女演員簽名的門簾，就掛在關東煮那口大鍋上方，如今牆上也貼著劇作家水守三郎拍攝的女明星望月美惠子的照片。

水守君曾是Casino Folies劇團的文藝組成員之一，現在是榎本健一劇團的文藝組成員。他雖寫過〈五一郎公寓〉等小說，興趣卻是攝影，或許只將編寫歌舞劇腳本當成兼差。說到攝影，Casino Folies劇團前成員中混得最好的榎本健一，每個月會買兩、三臺昂貴的相機，

1／在佛教指稱寺院打雜的少年，或法會遊行隊伍中扮成仙童的孩童。

這位不惜砸下數百圓重金購買萊卡最新型相機的當紅炸子雞，不知可還記得五、六年前水族館的明星沙龍照。

紅色假髮和剃得精光的眉毛、誇張的眼影刺眼而大剌剌呈現在鏡頭下，十五、六歲的舞孃看起來就像西洋貧民區的三流妓女。那種沙龍照和舞臺照——第一天演出結束後拍攝的舞臺照——十天更換一次，第三天就張貼在劇場門口。

排演結束的深夜，榎本健一會站在舞臺照前，若有所思地凝望。此時大門已關閉，裝飾燈也熄滅了。水族館距離演藝街有段路，是觀音寺境內的破舊劇場。夜風凍僵了偶爾經過的人影，榎本健一摩娑手臂合攏衣袖，正值嚴冬卻沒穿外套，身上棉布深藍色飛白和服就像離家出走的窮學生一樣穿舊了，早已磨損不堪。之後他拖著朴木高齒舊木屐，彎腰駝背的背影猶如生病的黑猩猩，不勝寒冷地消失在黑暗中。

當時我剛動筆寫〈淺草紅團〉。

這位榎本健一成爲松竹的「紅牌演員」，就連「淺草歌劇鼎盛期」的師父柳田貞一[2]那四、五年都像隨從般跟著他，同行的演員們固然不用說，連編劇們也經歷幾番浮沉。期間的數年數個月，前Casino Folies劇團文藝組成員島村龍三君等人都在三春吃飯度日。只要來三春就有飯吃的安心感，令人感受到三春老闆的俠義作風。

2／演員、歌手，大正時代活躍於淺草劇場，是榎本健一的師父。

我們這些Casino Folies劇團的友人，都是去三春和他們碰面。

那些人如今已各奔東西，我只能和老闆閒聊往事便打道回府。但我走後，他們之中的某人似乎來過，之後寫信指點我稚兒裝束。此人家裡據說就是寺院，替我查閱了法衣店的商品型錄和佛教辭典；網野宥俊大師也替我打電話問過法衣店。

此人聲稱寫信來是因爲體恤我「爲了巨細靡遺考證資料付出的辛勞」，但他接著寫道——

「雖說如此，考證這種舊事或詳細傳達淺草的單一現象，是否眞能描繪出淺草眞正的面貌？我個人對此抱有很大的疑問。」

二

豈止是疑問。這正是作者的痛苦。所以各位不如先傾聽他這封「淺草信函」吧。

「不知該說是土生土長淺草人的氣質抑或心情，總之我覺得這點才是淺草最獨特之處。當然，我不認為人類本來的心態就可擅自分成山手式或老街式，但就一般看來，住在山手高級住宅區的人基本上很討厭淺草人；甚至可說他們似乎一聽到淺草，就先入為主認為那是可怕的場所、是危險人物出沒之地。或許是彆扭的脾氣使然，就算傳統淺草人個性較為豪放坦率，在某些時間和場合的社交上似也造成諸多困擾。再加上沿襲自江戶末期或可稱為封建殘渣，難免有著些許說好聽是傳統，難聽點是因循舊習的老街庶民特有的狡猾世故。拿我自己來說，我從中學時代就常在十二月的月光皎潔之夜去淺草六區散步，累了踏上歸途時，聽聞草津後巷酒肆料亭的圓窗傳來撥弄三弦琴的叮咚琴聲，不禁裝模作樣地哼唱一、兩句隱約記得的新內[3]歌詞；有時也會和友人談論女義太夫藝人髮梳落下時的姿態之美，甚至混在成群老人中窺看金車亭的舞臺表演。要說難以親近，這樣的我們的確是難以親近的少年。

但這種心情顯然並不只是來自抄襲江戶情懷的惡俗趣味。久保田萬太郎[4]筆下的戲曲《雨空》和《大寺學校》中所表現出的往昔歷史色彩，不管我們對此是否有所意識，的確打從幼年時代就塗滿我們成長的歷程。以我家附近來說，橋場的化地藏廟會、吉野町的毘紗門廟會都於寅日舉辦；五月最後一天和六月一日、六月最後一天和七月第一天則是富士淺間神社的例行祭典。以廟會祭典為背景，我們淺草孩子的幾段兩小無猜的青澀戀曲，為此被指指

3／ 新內小曲，本為淨琉璃的一派，後來變成花街的走唱歌曲，以哀婉的曲調歌詠女人的人生，特別受到花街妓女的喜愛。

4／ 活躍於大正至昭和時代的作家，淺草人，以傳統的江戶語言描繪老街人情。

點點爲不良少年。在老街廟會上常見滑稽歌手兜售的雜貨零食，團扇扇骨般整齊排列的菖蒲糰子，說到昔日流行的拉洋片，那當然是在破舊劇場掛的天幕中響起銅鑼聲和木頭聲煞有介事演出的孫悟空。被孫悟空打敗的金角大王和銀角大王憤恨飛起的腦袋下方，胴體的切口可不正如劈西瓜一樣鮮紅嗎。還有盛夏的劇場帳篷中，前排女孩的髮香迄今似仍留在我的記憶深處。廟會的點點滴滴回憶，足以誘惑我們的少年幻想，那也是孕育淺草人幼小心靈的搖籃曲。

如此這般運用和淺草有關的節日慶典，確可加深我們對淺草的回憶，但我認爲更重要的是不能遺忘淺草人的情懷。從淺草歌劇時代到安來民謠、歌舞劇、射擊店、不良少年，話題似乎源源不絕，但我們淺草人很了解彼此的情懷。嚴格說來，盤據在公園六區的人並不能算是土生土長的淺草人。倘若將波西米亞式過一天算一天的放蕩生活，或由此孕育而生之無窮情事指稱爲色情異端，更甚而視爲淺草的本質，我得說那實是令人不快之至。」

作者於正文伊始引用這封信的心情，毋庸說明，各位讀者想必能夠理解。

九官鳥之笑

三

這封信的主人據說畢生志願就是淺草的鄉土文學，那說穿了終歸是一心感嘆失去的故鄉。而各位要是聽聞淺草通上的淺草故事，泰半是懷古憶往。

我非生於淺草亦非長於淺草，對故鄉這個字眼的定義自是不同。但是，一天就有多達二十萬至七十萬人流入淺草公園，當中不知幾人將這個異鄉當成故鄉。為什麼失業者、蹺家者還有犯罪者總是率先就想來淺草呢？為何這裡的喧囂雜沓足以將自我隱身其間就此忘卻？簡而言之，淺草公園將貧苦大衆遺棄於此的生活重擔和痛苦一股腦捲起，繼而在虛無的靜謐中沉澱，所以，任何熱鬧騷動聽來都分外寂寞，任何喜悅都看似悲哀，任何嶄新都滲出陳舊。粗鄙寒酸的花費凝結成暴力的呻吟，垃圾滾動為滔滔洪流，岸邊雜草中，卻傳來鄉土詩人秋蟲般的歌吟。

我之所以對稚兒裝束產生興趣，或也是虛無的歡場感傷吧。

對了，說到稚兒裝束，觀音菩薩座下的仙童據說穿著緋紅獵衣紫色寬褲的正式禮服。不過，與稚兒隊伍一起從傳法院前往觀音堂參加淺草祭大法會的淺草寺大眾，衣著是簡化版的素絹七條法衣小褲。稚兒裝束也是，本來按規矩男童須戴烏帽配紫褲，女童戴金冠配紅褲，而且上身都是獵衣，不料衣著隨個人喜好五花八門，就算想梳稚兒輪[5]髮型，但現在女童可都是西瓜皮短髮。

即便想緬懷昔日隨雅樂跳稚兒舞的寺院俊俏少年亦枉然。

「昔日端歌歌頌的眞先稻荷神社如今亦乏人問津，神社門前是東京瓦斯會社的煤山，籠罩在煤煙的灰塵中。這一帶的武藏名勝徒留其名，近代文化毫無顧忌地破壞了過去的歷史與傳說。與上方照片對比時，的的確確感受到科學的威力。」

正如淺草松屋百貨的「淺草今昔展」展示模型所見，這些都是「現代」的孩子，所以莫可奈何。

「淺草參拜，經過藏前，乞丐上前糾纏。別跟來，別跟來，別跟來，嗐，別跟來。這老兄可不是會開口討錢、說有道無之人。長井兵助[6]表演拔刀術兼賣藥，走過成田、八幡、駒形啊，來到雷門或蹦或跳或舞蹈，玩具仲見世四十二軒，來吧，咱們走，參拜本尊，之後

5／將頭髮在頭頂分成兩束紮成圈如眼鏡的髮型。

6／江戶時代的牙醫，家中代代居住淺草藏前，工作餘暇在路旁表演拔刀術，趁機推銷家傳的牙膏和蛤蟆油。

還有奧山遊賞，花屋敷。」[7]

昔日令人懷念的花屋敷近來生意冷清，園內負責旋轉木馬的女員工啃著指甲打起了瞌睡，隔壁上田鳥獸店裡同樣過了氣的虎皮鸚鵡灰頭土臉地取代花屋敷的樂隊。入內一看，昏暗小路一側徒留等身大的電動人偶列隊動作，就像在述說一間空曠劇院往昔演員通行的舞臺側邊，如今似有鬼魂出沒一般，令人不寒而慄，

「去松屋百貨，我要去松屋。」小孩嚇得哭鬧著要離開。

「淺草已非昔日的淺草，流浪漢和不良分子都消失了，如今是能夠安心遊玩、令人愉快的淺草。所以請大家親近這快被人遺忘卻備感懷念的淺草。」淺草祭籌備委員會主委大久保源之亟在祭典前夕，於《日日新聞》報上如此表示。

現任的象潟警局局長為「淨化」公園奔走，對於餐飲店的取締也變得愈發嚴格，連乞丐都得持有執照。淺草祭後的第二個月，自七月十五日中元節起，又連續取締不良分子半個月，根據辻本透露，警視廳的特警隊派出多達六名幹員，而且在仲見世入口以及觀音堂前、後方噴泉旁，高高豎起這樣的告示牌引人注目。

淨化的淺草公園

7／本段是江戶端歌（短歌）〈淺草參拜〉的歌詞。

過去的不良分子已悉數一掃而空，請各位安心光臨。

可利用公園者——

攤商、修補鞋子、人力車、持有警方烙印木牌者，請儘管利用。

木牌上寫有姓名住址及編號（或臨時編號）。

過去出沒的惡徒如下——

利用籤詩騙錢者、

以哭訴博取同情推銷鋼筆或眼鏡者、

索討金錢者、

利用風景明信片偽裝成春宮畫或猥褻照片推銷者。

萬一遇上這種人，請務必注意不要上當，並且立刻通知附近派出所。

四

昭和九年六月二十一日，淺草祭第一天下午四點半，淺草寺僧侶、稚兒、消防隊、本地知名有力人士等人的隊伍，隨著笙蕭篳篥的樂音魚貫走進觀音堂，當內院敲響大鼓昭示常行三昧之法華懺法的同時，觀音堂後方的特設舞臺上，淺草藝伎的手舞也正好揭開序幕，那時我在舞臺後面的「松村」店內，和辻本喝冰紅豆湯。

看到我預告又要寫關於淺草的小說，首先寄信給我的就是辻本。所以我特地先去他家向他致謝，他說：

「我不知何時會死，而最先死去的肯定是我，倘若你願意寫出我的祕密，我應該就有勇氣死去。」

他這話當然是指自殺。

「令妹豈不是太可憐了。」

「她已經死了。」辻本說著，臉頰微微發紅，然後慌忙從牆上取下風衣，準備外出。

想到他彷彿爲此感到羞恥，我也不敢追問他妹妹的死因。辻本這人可說由於其近乎病態的羞恥心反而毀了他的一生。

總之，似乎沒有比辻本更不快樂的男人。

公園擠滿來看祭典的人潮，可是這間紅豆湯店，雖和舞臺只隔著一排樹叢，除了我與辻本卻沒別的客人，彷彿密室一樣寂靜。

辻本的白鞋似乎從來沒保養過，已經髒得泛黃，鞋跟也磨平了，鞋口大張可以輕易穿脫；身上是泡泡紗襯衫外罩風衣，唯有這件風衣顯得異樣時髦光鮮，是稚氣的立領，釦子規規矩矩全扣上了，遮掩那如多病之人般單薄的胸膛，令肌膚細緻的削瘦脖子更顯高雅。

但見此人竟落魄潦倒到如此地步，我反而想祝福他了，

「怎麼樣，在社會上混得比較好了嗎？」

「完全變成拉皮條的車夫了。」

像這種街頭買賣，往往會讓肌膚沾染洗不淨的汙垢，更何況是在夜間與路人悄然進行的買賣。一旦被警方發現就是現行犯，難免會變得畏畏縮縮、面容猥瑣，還可能落魄到染上遊民那種即便有資格穿上皺綢浴衣、躺在屋裡卻也渾身不對勁的土腥氣。辻本的神經質似乎也像被扔棄後巷的剃刀般生鏽了。

「你不如戴頂帽子吧，我想應該可以改變心情，至少能凸顯臉部輪廓。」

「你這麼一說才想起，我的帽子不知放哪兒去了。」

「看來賺了不少錢吧。」

「哪裡，說來晦氣，最近剛發生教人難以成眠的悲劇，報紙應該報導過此事。檯面上說她因盲腸炎而死。她生前也曾被介紹給我，是個可愛的女孩，據說是從橫濱來的。才十五歲的女孩，那天是她第一次接客，客人走後，她就發起高燒，病得很重，第二天就死了，引起一陣騷動。本來打算靠她大撈一筆的傢伙也被警察帶走了。」

「這是殺人罪呢。」

「是誘拐罪。是誰帶她來的？恩客是誰？到最後都沒交代清楚。」辻本正喃喃說著。

「啊哈哈哈！欸嘿嘿嘿！喔呵呵呵！」一旁驟然迸出瘋狂的高亢笑聲。

我吃驚地四下張望。辻本淡淡地說：

「是九官鳥啦。」

車夫

五

「松村」店內九官鳥的笑聲很詭異，倘若各位以爲是小說捏造的，等秋天到了不妨來店裡聽聽看，但目前適逢暑假歇業。

歷年來淺草會暑期歇業的店家，只有賣雞肉料理的「金田」和這間店。應該是不想輕率模仿在夏天改做冰店這種作法吧。

小姑娘的死也絕非虛構。

「但眞有接客後隔天就死去這種事嗎？」

「或許眞的是盲腸炎致死。當時沒請醫生，因爲太冒險了，但也形同活活看著她死去。」

「就在這附近？」

「在去你家的路上，現在已經出租給人了，要去看看嗎？」

「看了又有什麼用。但那客人也太亂來了。」

「上次豆腐店的女兒還托我介紹客人。那家有三姊妹，居然三個人都要賣，我忍不住要同情起她們來了，豆腐店老闆最後打消了念頭。三姊妹都很漂亮，而且還是黃花閨女。」

「要在自己家裡接客？」

「是呀！豆腐店得早起做生意也實在傷腦筋，但是姑娘們有意願，而且是三人一起賣，這還是我當車夫以來頭一次遇上。」

「車夫的歷史也很悠久呢。」

「有的已經幹了二十年了，可說打從十二層高塔還在時就做這行。以前還有銘酒屋私娼寮的時候，據說生意也比較好做，起碼不像現在風險這麼大，有些客人還會主動要求我們介紹哪家店有什麼樣的女人。現在這光景應是震災後才出現的。有些老資格又機靈的車夫，賺的錢還能供兩個兒子讀中學呢。像林田應該就攢到了四、五千，加上他拉客的確很有一套。就連我戴上剛說的帽子、看起來一副知識分子的模樣時，也會特別強調我不是車夫，只是和某某仲介聯手介紹女人給車夫的同夥，給車夫的女人都是三流的；還要標榜我和車夫的去處打從格調就大不相同，隨便銀座或山手高級住宅區的我都可以介紹，然後推薦兩、三個高級妓女。其實我也明白對方根本沒那麼多錢，所以最後往往就含糊其詞說今天先在這附近將就吧，總之絕不能先心虛示弱，而要保持大方颯爽。穿著打扮上最好比客人體面，這樣能先唬住客人，讓他自覺矮了一截，就算最後介紹他同樣的女人也能撈到更多錢。只不過近來我實在懶得再吹噓這種露骨的牛皮了。」

「你變成道道地地的生意人了呢。」

「是啊，起初做這行是因爲厭惡女人想發洩怒氣，而且戲弄男人很痛快。但我已經絲毫不感興趣了。有些女人只微微拉開紙門露個面一鞠躬就縮回去，誰曉得貨色好壞；但是也有很厲害的女人喔，我想之後應該也會讓客人大吃一驚。」

「還是有人會包養仲介介紹來的女人吧？」

「沒這種事，就算讓這些女人借錢來抵債，她們當中也沒人還得起。有些女人離開時會故意遺落廉價錢包，客人不是會問起嗎，女人就趁機說『我是坐計程車來的，請給我回程車錢』，然後打開錢包給對方看，裡面通常只有兩、三枚銅板。但這招只有年輕女孩才行得通。當然，偶爾也有女人是從自家出門接客的。」

六

「幹這行的女人多半是住在賣春戶喔，要是白天見到了，臉色可慘白得連耳朵都失去血色。應該也有來自仲介的女人。還有車夫聲稱派自家太太去遊說女孩下海，讓客人大感佩服。也就是如車夫所言，這些太太呢，走遍澡堂與美髮店，不是每次都去同樣的地方，而是經常變換地點，然後大談家醜，又稱自己不吃飯也照樣肥胖、近來因不景氣憂愁得頭髮都大把大把掉云云，將一身辛苦聊得有聲有色，藉此物色女孩，並且慢慢引誘她們下海。客人乍聽之下會覺得長見識了，但那都是騙人的。事實上車夫很少主動發掘女人。他們往往會讓女人宣稱自己是某個「業餘應召站」老闆娘的侄女或鄉下遠親，還有一句肯定會讓女人說的話，就是『下次別透過車夫，請你自己一個人來』。車夫就像拉保險的業務員，就第一次能拿到一筆佣金，下一次客人就直接找女人去了。有些賣春戶裡六、七個女人，規模就做很大，畢竟光靠人力車載客賺錢糊不了口，自然而然演變如此。不過最近警察抓得很嚴，好像很多人都不幹了。」

「那種地方多半是租來的房子吧？」

「當然都是租的，還得三天兩頭搬家。要是不搬，熟客愈來愈多，車夫不就沒收入了？但這種家庭的丈夫多半是賭徒或無賴，所以有時少了公正證書就租不到房子。客人要是怕了，這家的兒子就會說和警察很熟，絕對安全云云，笑死人了。車夫其實全都是這個——」

辻本說著，伸出指頭按著鼻子。

「老賭鬼。夏天還好，但是在寒冷的冬天路面站一整晚，只要賺個一、兩圓，不管怎樣都會去喝酒。」

「警方應該也都認得你們了吧？居然沒被抓。」

「沒事，被抓也無所謂，才拘留十天。可是，也許是象潟分局的客人特別多，拘留所擠了多達兩、三百人，連坐都沒法坐下來，只能站著睡，警察根本記不住長相。聽說拘留所要擴建，下次應該會澈底取締不良分子吧。可這就像袋子裡的水，壓下這頭就會流向那頭，等手一鬆又會流回來。總之，很多人暫時去了河對岸避風頭，靜觀其變。假使取締行動長達兩年，就眞的會有很多人被迫賣掉土地離開。到目前爲止不是政黨內閣嗎？取締行動也會隨政策改變，所以大家都在等內閣瓦解。本地有力人士多半互有聯繫，乞丐也成功有了執照制度，據說反而一下子少了一百人之多。不曉得車夫是否哪一天也會被淨化，那麼一來我恐怕也得洗手不幹了。」

辻本似乎將內閣改組視爲起死回生的良機。

然而，八月六日的晚報報導了淺草車夫所涉及的「賣春戶」，總共六十戶一齊遭到取締。

以坂本警局爲中心，象潟、日本堤、南千住各分局相互應和，取締行動從五日晚間九點持續至六日清晨。至於逮捕人數，各家報紙刊出的內容不盡相同，但坂本分局這個拘留所大本營擠滿了從下谷的龍泉寺、入谷到根岸一帶獲報檢舉的五十名女子，男子約三十名。女性的年齡從十五歲到四十八歲不等。

車夫也有二十人遭到逮捕。

七

爲何坂本分局是大本營？

拉客的場所和帶客人回家的賣春戶，因象潟分局和坂本分局的管轄不同，自有不可言說的巧門，而下谷的龍泉寺、入谷一帶，也有許多震災前貧民區遺留的後街陋巷。

日本堤及南千住分局逮捕的女人（據《日日新聞》報導是二十六名，《讀賣新聞》報導僅五名）和車夫介紹的女人不同，她們是在淚橋大路越過廉價旅社街直到南千住的瓦斯槽附近，拽住路人袖子或躲在巷子陰影中招手的女人。客人大多是廉價旅社的房客和勞工，即便狡猾的車夫遇上這種客人也毫無獅子大開口的餘地。這些女人多半是在別處已乏人問津的半老徐娘。

一如近來人們所言，淺草公園失去了靈魂，陰霾散去，底層也乾涸了，警方的取締雖嚴，卻完全沒有提出振興方案。淺草祭的開幕儀式上，演說者紛紛感嘆「淺草逐漸冷清蕭條」，唯一聲稱不覺得冷清的唯獨淺草寺住持大森一人。但若從公園向北望去，從吉原花街邊界至淚橋附近的廉價旅社街，全都黯淡下來沉澱著都市的疲憊。

那也是淺草，改天伴隨秋風再向各位介紹。

不知辻本是否也在這次的取締中落網了。

辻本住在後街澡桶店的工作間二樓，屋裡有女人。

辻本說那女人是他的妻子，但女人告訴我她只是收留辻本住下，根本不是他的妻子。

今天我出門，打算去那瀰漫木屑氣味的二樓看看情況，可我又躊躇著，萬一辻本被抓了屋裡只剩女人一人該如何是好？我想起辻本在公園喝醉後說的話。

那時我走進紅豆湯店，先前已先踅進傳法院庭園的淺草祭園遊會場，四處品嚐攤位的餐點，雖想順道去紅團成員阿春新開的茶室，也因爲大白天還太早，這才來喝點冷飲。哪知辻本似乎精神來了，談起他的工作，令我略感意外。原來此人也染上了只要請他喝一碗冰紅豆湯就滔滔不絕的脾性嗎？走出松村，我決定去附近的公園亭請他喝酒。

難得有此機會，可早早吃飽的我並不想吃知名的「炸豬排飯」，我一邊等辻本喝醉，一邊望著往返特設舞臺的藝伎們身著一樣的衣裳匆匆走過言問街的腳步，還幾度讚美辻本的女人。那天是我第一次見到她。

「那根本算不了什麼。」辻本每次都朝一旁撇過頭，但喝了四瓶後，忽然扯高嗓門：

「車夫的女人沒什麼好貨色。曾經有女人牙齒都掉了，還偏要開出高價，後來不知消失去哪了。好女人不會做這種事。」

「那倒是。」

「不管介紹哪個來，我老婆都比她們好一百倍對吧？你是這麼想吧？」

「所以我從剛才就一直讚美她呀。」

「倘若是那女人，你要買嗎？」

「好啊，我隨時可以買。」我平靜地微笑注視辻本的臉。他的聲音如哭腔般高亢。

「你眞的要買她？」

「你幹嘛一個人這麼激動。」

「是嗎？她眞的那麼好嗎？」辻本放下酒杯，垂首哭著說。

第一名的新太郎

八

前面提到阿春的茶室──

「昨晚住一圓五十錢房間的只有四個人。」她劈頭就將這點錢掏出來給我看。她讓吉原四海樓的老先生掏錢替她開了茶室，也難怪大家驚訝地說不出話。

「這盤生魚片二十錢吧，算三十錢應該夠了吧，湯十五錢，還有這個酒──」如此這般，老先生出外喝花酒總是自行算帳，非常老練。

這種店雖掛出小料亭的招牌，但店裡不開伙，只是做做樣子，都從後門拿外賣。廉價咖啡廳也是同樣模式，客人以爲是該店的拿手菜照樣吃得很開心。

一晚能有一、兩組客人，在夏天就算很好了。很多店往往連續幾天都無人光顧，就算想自己做菜，準備的食材也會放到爛掉，餐具和烹調用具還得多花一筆錢。

老先生很了解這些內幕，所以好比二十錢是外賣的原價，他就再加上十錢手續費，避免被大敲竹槓。他往往私下算好就專斷地付了款。

要是讓店裡算帳，端看當時情況和客人身分，還不知會怎麼獅子大開口。況且客人肯上門就大感驚喜了，女人自然像遇到獵物般蜂擁而上。有時也會在門口拉客，若連客人都吆喝不進來，這種店鋪遲早關門大吉。

「公園淨化運動」對這方面也抓得很嚴，刑警會上門怒吼不准她們替客人斟酒，於是有些女人會歇斯底里大喊：

「要店裡的女人放下酒瓶，站得遠遠旁觀，誰還喝得下酒？太可笑了。這種生意還是別做了！」

從房州流浪而來，喝起客人的酒就像無底洞而深受器重的四十歲女人，近視很嚴重，在門口物色客人時因沒看見刑警上門，最後被趕出店鋪。

四海樓的老先生最喜歡去這種店。

帶錢去消費倒也還好，問題是他習慣不付錢，非要讓人隨他回家拿。爲此他還特地在本來的黑齒溝、現在的花園街後面租了房間。他總是帶人回去算帳。

一有小料亭新開張，老先生必然光顧，然後使出同樣的伎倆。

因此能夠讓這個出名的討厭鬼花錢開茶室，反而讓阿春人氣大增。有一陣子她在松葉這家小料理店工作。

淺草祭似乎原本也企畫過傳統的花魁遊街和手古舞隊伍，但要是像四海樓這種茶室老闆，還在納涼祭期間於每家店張貼起「全吉原服務大賽」的海報，似乎就不必讓花魁遊街了。

關於花魁遊街和手古舞，「淺草今昔展」中只展示了昔日的衣裳，以及松井源水[8]歐美漫遊時使用的大陀螺，都是上好的古董。

相對地，不愧是現代淺草舉辦的祭典，有霓虹燈遊行、尋找淺草人氣王，還有女演員主要餐飲店的競速巡迴賽等等。

競速巡迴賽的第一名是「搞笑王國」劇團成員，藝名新太郎——水越弓子，是年僅十六歲的舞孃。

她只花了三十七分鐘就跑完六十四家餐飲店，回來立刻上舞臺表演，然後一頭栽倒。

8／明治、大正時代以陀螺表演曲藝的江湖藝人，家中代代在淺草賣藝兼賣藥。

九

野口食堂、魚河岸料理、中清、五十番、中西食堂、下總屋——到此爲止，由於出發地點在傳法院後門，也有表演安來民謠的姑娘和歌舞秀舞孃共二十四、五人相偕參賽。雖然每個姑娘同樣在胸前配戴玫瑰，寫著各自姓名的緞帶飄揚，不愧是夢想成爲女明星水之江瀧子的水越弓子，扮相就是不同凡響，襯衫下是舞臺用的男裝長褲，腳上是芭蕾舞鞋。

而且她前一天趁著舞臺空檔，還帶著負責舞臺小道具的小春詳細勘查過比賽路線。

第二名也是搞笑王國的團員，喜多衣子。

搞笑王國的團長古川綠波，坐在據說因水之江瀧子等人的爭議變得氣派、實則像倉庫一樣殺風景的松竹座食堂，一邊掃光大塊炸豬排，一邊叫喚徒弟新太郎，也就是弓子。

「妳跑回來時，心口是這樣撲通撲通跳吧？」他說著，伸掌比出搧動心臟的動作。

「都叫她休息了，眞是熱愛舞臺的孩子。」他這句話是對著造訪後臺的我說。

「她非要立刻上臺跳舞，這才昏倒。我們急著叫醫生一陣大亂。」

畫了藍色眼影舞臺妝的新太郎沉默不語。

「對了，妳得到什麼獎品來著？」

「松屋的二十圓商品券，還有一盒裝著白粉、化妝水什麼的箱子。」

「是全套化妝品組合吧。」

這個女演員主要餐飲店競速賽於六月二十五日舉行，二十七日時尋找人氣王，獲選的人氣王有榎本健一、二村定一、古川綠波、大十司郎、渡邊篤、橫尾泥海男、生駒雷遊、熊岡天堂、西村小樂天、東家鶴燕這十人，天堂和小樂天是電影默片解說員，鶴燕是浪花民謠說唱藝人；其他人不管以前做過什麼，現在也都是歌舞劇演員。

「淺草這地方眞是不可思議。新的事物雖不斷發生，但古老的東西也不隨便拋棄。

——因爲淺草

比銀座更有人情味——」

難怪出身淺草的滑稽小曲創作者八郎總拍著大肚子如此自傲。

不如再舉幾個淺草不拋棄舊人的例子吧。請看歌劇館的招牌，昔日歌劇當紅時風靡滿城子女、還讓好幾個女孩自殺的田谷力三，如今名字不就大大出現在門前招牌上嗎？不久前成立的松竹藝術集團旗下成員更令人驚訝，淸水靜子、南部貴音、南部邦彥、杉寛……各位可知道，這些人，是帝國劇場早年有歌劇表演時，那位羅西老師帶大的弟子喔。再往下還有高井露比、園薰、松山浪子，哎怎麼辦，數都數不完。往年表演石童丸[9]讓觀眾落淚的松山浪子都換過十幾任丈夫，現年三十四歲了呢，可還是穿著大紅色上衣登臺表演。如此一來，觀眾裡的老人家想必會紛紛憶起當年，大聲呼喚：

『浪浪浪浪——子小姐！』

浪子這廂走回後臺時心想：

『我還是有人氣的嘛。』

如此自言自語，一邊對著鏡子塗抹冒牌的Amor面霜，拿象牙（當然是馬骨或一些冒牌玩意）滾輪推平臉上的皺紋。所以當事人雖已老去，卻一點不覺得自己老。這該說是淺草的庇佑嗎？總之當眞是可喜可賀。」

正如佐藤八郎先生筆下之言：「淺草有人情味。」

眞有人情味嗎？

「根本沒啥狗屁人情味，就像靠路邊攤烤雞肉串殘渣果腹的小白一樣。首先，當事人對自己就已失去人情味。」久違的電燈下，白井敲著籃子囂張地撂話。破舊的籃子裡沙沙作響。裡面裝滿了寄居蟹。

9／ 刈萱傳說中的人物，偕母親去高野山尋訪出家的父親刈萱。這個故事被改編成各種戲劇。

寄居蟹與狗

十

白井是失業的跑江湖小販。

本來好不容易從乞丐榮升爲跑江湖的小販，他卻拐了大哥的女人，只好逃離老大。女人比他大了十四歲，還有孩子。三人在淚橋附近的小旅社住下。他決定洗心革面，去市裡的土木工程做一天領七十五錢的零工，身體卻因此搞壞了。

女人只好廉價批來肥皂、樟腦和紙張，牽著孩子的手沿街推銷。靠這樣賺來的錢支付二十五錢住宿費，三人總算活了下來。

小女孩在旅社街長大，今年九歲了。

於是讓小女孩在雷門郵局前賣三隻十錢的寄居蟹。五、六年前他們在小旅社落腳時，有對男女似乎不太適應那裡的生活，或也因此與白井日漸親近。

男的是西餐館的廚師，女的是服務生，兩人當時都失業了。女人還養了狗，狗屋就安置在小旅社澡堂外的柴房角落。

女人只要有了錢，不管是兩錢或十錢都會立刻拿去買串烤餵狗。遭男人責怪後，她便含淚說：

「這種不知是貓內臟還是死老鼠做成的串烤，以前哪裡看得上眼，那時我們就算沒得吃，小白也沒缺過眞正的烤雞肉串。」

奇妙的是，女人的前夫會帶眞正的烤雞肉串來看狗。

說到底，其實當初這隻狗是丈夫村木弄來要殺死的。

村木曾是獸醫的助手，因爲愛狗選擇了這一行。在他的提議下，成立了都北愛犬協會，會費一個月三十錢，獸醫會四處替狗做健康檢查，散發傳單，以成本價替會員飼養的狗看病，這是常見的獸醫宣傳手法，自從他來我家推銷後我們就成了朋友。

剛開業的年輕獸醫雄心萬丈想做很多事，說要調查新生幼犬消化器官裡的寄生蟲，命令負責對外交涉的村木弄一隻小狗來。村木立刻發現橡膠鞋店有一窩小狗正愁不知如何處理，他想，既然是要殺的，不如挑一隻最虛弱的，裝進空鞋盒就帶了回來。途中小狗嚴重拉稀還得收拾善後。

帶回家後妻子憐惜小狗，決定飼養。當時他們租二樓的房間，他的月薪二十圓，每拉到一個會員可以拿三十錢佣金，但也只有剛開始時一天能拉到三、四人，之後會費愈來愈難收齊，又遭獸醫壓榨勞力，生病請了兩、三天假後，他乾脆再也不去家畜醫院。

接下來換妻子出去工作，回到曾待過的龍泉寺咖啡廳。他們將小狗放進臉盆，搬到今戶的外圍地區，據說是龍泉寺那家咖啡廳的分店。

「反正二樓空著，就不收你們房租了。但怕你們覺得白住不自在，那麼每個月收兩圓的電燈費吧。」房東雖這麼說，可是他們進去後一看，電燈線老早就被剪斷了。

明明說沒人住，樓下脫鞋口後方的二帖房間卻有個白髮老嫗獨自坐在黑暗中。

十一

深夜從店裡下班的妻子，擦亮袖中的火柴走上昏暗的二樓，放下沉重的包袱。

「我終於明白為何將我們安置在這兒了。」

「怎麼說？那不是白米嗎？」

「對呀，老闆偷偷讓我帶回來的。」

「哦？老闆給妳的？」

「你可別想多了，是叫我拿給樓下阿婆的。」

「搞什麼，還以爲是給妳的。」

「是他偷偷從米缸舀出來的，過去好像都是他自己送過來。」

「與其送來一、兩升米，不如直接給錢好吧？」

「八成是在老婆面前抬不起頭。聽說他老婆本來在成田開了一家頗具規模的餐館，老闆去成田山拜拜時，肯定是花言巧語拐騙了老婆，讓她賣掉餐館來東京，才會買下龍泉寺的店。」

「樓下的老太婆又是什麼人？」

「誰知道呢。老闆說是他岳母，好像是夫妻倆趁著龍泉寺的店開業，半夜丟下這裡的房子跑了，連同廚師和女服務生也帶走。在這兒積欠房租，又另外欠下一屁股債，後來桌子、椅子什麼的也全被債主拿去抵債。現在這間店就是用老闆娘的名義開的。」

「就這樣丟下老太婆一個人？」

「多半有不能帶她走的苦衷吧。當初這間店開業時，店裡傳聞說他們八成是騙了老太太手裡的錢。」

「就算是那樣，房東居然也不吭聲？」

「這房子就要賣了。雖然老闆對房東說，等景氣好轉就會在這裡開分店云云，但房東根本不相信。可是，這破房子就算想出租仍得花上一筆整修費，划不來的，縱使房客願意負擔，這樣一個窮酸店鋪也租不了多少錢。所以房東打算賣掉，而暫時讓老太婆或小貓小狗住下來，對房子也沒太大損失。」

「就算是這樣，房東至少也該裝盞燈吧。」

「蠟燭用完了嗎？得再去買點回來。」

「應該還有。」說著，他伸手摸索一陣後點燃蠟燭。

「你又去公園了吧？」

「對，這種房間誰待得住？只有鄰居家的電燈會從窗口照入。老太婆倒好，太陽一下山就睡了。」

就是因爲住了這種房子而常在公園逗留的緣故，村木成了在出雲阿里表演安來民謠的姑娘們的托兒。

在那劇場門口，有個都北愛犬協會的男會員，是那男人委託村木來阿里的。劇場舞臺與觀眾席連成一片吵嚷不休，安來民謠會帶給觀眾彷彿玩廉價藝伎的樂趣，不僅可直呼藝人的名字，就像來幫閒[10]的托兒從觀眾席投以噓聲或喝采，炒熱全場氣氛，村木在這種地方被發掘出他的才能。

藉此他每晚賺得三、五十錢的零花錢。

十二

妻子搬米的次數多了，終於被老闆娘發現，破口大罵她和村木夫妻倆是偷米賊，妻子氣得從薪水本就少得可憐的店裡辭職，之後輾轉流落到貧民區做事。村木倒是照舊去安來民謠的劇場掙錢。

沒有電燈的二樓來了個在龍泉寺店裡當保鑣的流氓，聲稱捲走賭場的錢逃跑拜託讓他躲兩、三天，就此賴著不走；還有個淨說著「想搭夥睡覺」的資深女服務生的情夫也跑來了。

10／幫間役（ほうかんやく），在宴席會場取悅客人、炒熱氣氛的角色。

女服務生爲了會情夫，不時替老太婆送米來。

村木夫妻再也受不了，只好去田原町分租房間。小白就是從那時起變得只吃烤雞肉串。他們就算只能一碗白飯配兩錢泡菜果腹，也照樣給狗吃十錢的烤雞肉串。

或許是因爲從小吃盡苦頭，妻子對狗的愛有時簡直像噩夢。

白井見她如此，曾經寫信給村木，大意如下──田山與志乃（村木的妻子）因爲積欠的房租太多，終於趁夜逃走。房東氣憤之下拆了小白的狗屋，連牠的碗也扔了。我說小白是無辜的，還是在中庭放了煤炭箱，裡面鋪上兩、三件佳代（白井女友帶來的孩子）的舊衣服，讓牠睡在那裡。在你能夠過來之前，我先收留小白，如果你憐惜小狗，請盡快前來東京，做個成功的畫家，讓小白安枕無憂，每天能夠吃飽飯。

村木在大阪看到了這封信。

他被表演安來民謠的劇團猛灌迷湯，跟著遠赴外地當出雲阿里的托兒，最後被劇團遺棄在大阪。

田山就是那名廚師。村木第一次跟著安來民謠團離家去北海道時，妻子就和這男人勾搭上了。

不久田山失業，兩人淪落到小旅社，志乃就連以前和村木生活時的被褥都沒了，但她還是帶著小白。田山走投無路，只好回去他待過的早稻田的店，一時糊塗偷了東西被拘留十五天；志乃心知哭鬧也無濟於事，還是要餓肚子，只能癱軟躺著，淡然地撿白井和女友吃剩的食物吃，但狗不肯吃。

村木回東京後，旁人都說志乃很可憐，他才不時帶烤雞肉串去小旅社。他之後又去了大阪，這是因爲安來民謠已經不吃香了，劇團被趕出淺草。

雖然在大阪收到白井來信，村木卻沒機會返回東京。但如此疼愛小白的志乃居然會丟下牠，著實教他感到意外。

「總有一天會來接你。」白井喃喃覆述這句話。倘若志乃沒來接狗，該不會是打算殉情吧。

村木帶著烤雞肉串去小旅社時，被問起將來是否想當畫家，他當下不知如何回答於是隨口稱是，沒想到白井眞的信了，還寫了這種信來，令村木不由心生愧疚。

手古舞人偶

十三

但是村木心想，白井信上的意思似乎是出他收養小白，但這說法讓他起了疑心，白井吃的東西，小白會吃嗎？

果然不出所料，小白一如在田原町跟著志乃住小旅社時的習慣，天一暗就溜去廣小路的路邊攤，最後再也沒回到小旅社。

村木、田山和志乃都從淺草消失了。

「就像是出雲阿里，那陣子阿里受歡迎的程度可驚人了。」白井在神谷酒吧的假大理石長桌前，搔著頭皮屑說：

「說到這裡我就想起來，我對於淺草祭的人氣王人選很不服氣。不管怎麼說，不該連一個女人也沒有吧？」

「那是理所當然。畢竟人氣王走在路上，可能會被一把抓住塞了劇場門票，如果是女人豈非亂了套？」

「原來如此，那會鬧出人命的。要是在路上胡亂抓住漂亮的女人大喊妳是人氣王某某某，那就要命了。」

象潟警局的森山局長在九月四日的《朝日新聞》上說：

「一旦發現不良分子，我們會立刻逮捕拘留二十九天，期間本局所有同仁應記住此人長相，拍下照片分發給各派出所，通知各單位此人行跡可疑，立刻命人追蹤。這群不良分子嚇得已經不敢再靠近公園了。」局長自豪地分發給各派出所的「不良分子名冊」中，同樣也沒有女人。

名冊記載的檔案項目包括到警局應訊的年分日期、綽號、姓名、出生年月日、本籍、住址、外貌特徵、犯罪手法、前科（含拘留）紀錄，每頁兩人，除了這些記載，按照慣例還貼了不良分子胸前掛名牌的照片，到九月爲止已有一百二十一名登記，幾乎全是勒索犯，小吃攤販和賣假色情照片的各三、四人，猥褻犯僅一人，可說是一幅簡單的淺草圖像。

「小白在淺草祭上八成也會呼呼大睡。」白井繼續喝酒，動也不動。

「牠躲去哪兒了？」

「在田原町公車站牌的安全地帶。晚上賣烤雞肉串的攤子擺出來後牠就出現，乖乖坐著等。牠真的很乖巧，有耐心，客人幾乎沒察覺一旁有狗。像那樣的狗，好像還是有自己的地盤。」

「不過，稻妻屋的事就拜託你了。」

「我知道。」白井說著，咚地敲了一下裝滿寄居蟹的舊籃子。

稻妻屋就是淺草祭第一天看到的帶著美少年的女性走唱歌手。

「突如其來出現無名女劍客

芳齡二十歲

大蛇劇

令人顫慄的大蛇

情色獵奇表現劇」

公園劇場的這段廣告詞嚇了我一跳，望著頸纏大蛇、揮舞大刀的大型人形看板的視線，倏然移向一旁，是永澤屋櫥窗內的手古舞人偶。我丟下同行的辻本，大步走過去，前方的食堂擠滿了人，我幾乎要踩著青竹噴水下優游著鰻魚和紅色錦鯉的木箱伸長脖子看。醉醺醺的客人之間，可以看見一個女人抱著小型古箏的背影。

十四

紙做的氣球如青蠟般閃耀光芒，應該是霓虹燈映照的效果。綿綿細雨暫時停了，夜晚後街飄起的氣球彷彿秋天的裸體。

驀地響起的掌音令人心底升起寒意。

正在拍打氣球的是腳踏車寄放店的養女和親生女兒。養女身材矮小，微胖，蓄著短髮，洋裝底下露出一雙蘿蔔腿，背影看來很可愛。但她雙眼的色澤猶如腐爛的死魚眼，夜裡從遠處不經意一望，說不定還會以爲她少了眼珠，唯獨上眼皮和地藏菩薩似的彎眉還算好看。臉蛋凹凸不平，坑坑疤疤的。見她拍打氣球，可見應該不是瞎子。

但這張臉也算是讓她因禍得福。

雖說是養女，其實是撿回來的孩子。腳踏車寄放店的老闆娘明明生了兩個孩子，爲何還撿這種小孩回來養，鄰里的人都想不透。原來是三、四年前老闆娘去玻璃澡堂[11]的途中，這孩子纏著她不放。

「阿姨帶我去洗澡吧。」

那時老闆娘正從澡堂出來。

「我本來也嫌她髒不想一起洗，就對她說：『我給妳五文錢，妳晚點再進去洗。』但她說：『我的身體沒那麼髒，很乾淨喔。』你知道嗎，她還拚了命替我搓背，很聰明伶俐。你說我能怎麼辦。」

女孩就這樣被收養了。因爲她已經被同夥拋棄了。

她的夥伴阿稻、阿豔、大文、小文都從淺草消失蹤影，不知流落到哪去了。她們正值青春期，或許全被賣到其他地方了吧。

她們是從感化院逃出來，混入乞丐堆的流浪少女。她們拿手巾包裹披散的亂髮，在六區流浪或群聚於「新公園」，但如今那些同夥中，只有腳踏車寄放店這個白眼女孩獨自在淺草待了下來，姿色稍好能賣掉的女孩一個都沒被放過。

只有她好歹被撿回溫暖的家庭收留，穿上廉價卻流行的洋裝，憑著渾身充沛的體力讓附

11／ガラス湯，當年位於西淺草的公共澡堂，據說前身爲玻璃工廠，澡堂主人遂命名爲「玻璃澡堂」。

近的小玩伴臣服。而老闆娘也沒將她當養女看待，出遊時總是帶著她和親生孩子。他們出門時，同住的小妾會突然興奮起來，指使幫傭的小廝去買糕點零食，變得特別快活。小妾年輕貌美，卻完全不敢頂撞略顯神經質的老闆娘。

白眼女孩聽到紙氣球這類透出秋意的聲音，或許再也不會想起昔日一同流浪、如今仍下落不明的面貌姣好的少女們，但我倒是會想起。當時Casino Folies劇團還蔚為風行時，劇場後臺門口有片樹林，白天樹林圍滿一圈小攤販，阿稻就渾身泥土在樹林裡度日，如今想來恍若夢境。

她就在那兒玩泥巴、扯樹葉，或只是坐在地上倚靠樹幹，恍惚度過白日。每當我從後臺探頭出來瞧，她就會猛然跳起，啞聲嚷嚷著：「有事嗎？喲，找我做什麼？」然後站起身跑過來。

她短短的頭髮上綁著一條黃色腰帶。

十五

秋天的寒意不只來自紙氣球的聲音，也來自妓女遺落的鼠灰色大衣、永澤屋手古舞人偶的衣裳，以及路邊攤的電石燈亮起的火光。

路邊攤販的非常時期聲明

乞求顧客同情

一，攤商使用的電燈費特別貴。

二，此乃因代議士橫山兵藏、市議會議員赤木三郎、野見啟助等人從中介入，一百燭光四錢一厘竟收取十四錢與十八錢這般誇張的金額。

三，他們十餘年來從我們這些最沒有背景、最弱小的貧民身上搾取暴利。

四，就算我等再弱小也無法繼續忍耐，為了擺脫壓榨，決定團結一致起身抗爭。

五，因此明亮的夜市即將變成落伍的電石燈，或許造成各位採買不便還請見諒。

六，為了幫助我們贏得這場抗爭，儘管光線晦暗造成不便，也請各位比以往更加捧場多多光顧。

七，請各位大力支持弱小的我們贏得勝利。

神田區神保町一丁目四十九番地　大東京常設攤商聯盟總部

山谷公車站牌對面的玉姬，一整排路邊攤只貼了兩種海報，是石版紅字印刷，共有十三個工會團體超過一千五百家攤販加入抗爭。或許海報數量不夠分，寺島有一、兩家攤販自行拿毛筆寫了大張海報貼出。玉姬的常設攤販使用的是古早的電石燈，但緊挨旁邊擺出來的廟會攤販都是現代化的電燈，許多不知內情的顧客果然還是朝明亮的電燈處蜂擁而去。

可是七月有七日晴天，十七日雨天，七日陰天；八月有一日晴天，九日雨天，二十一日陰天；九月有一日晴天，二十一日雨天，八日陰天；十月沒有晴天，五日雨天，兩日陰天。由今年這樣惡劣的天氣看來，攤販恐怕也無暇顧及電燈費的問題了。銀座與淺草公園的攤販並未加入這些使用電石燈與蠟燭的同行抗爭，防空演習造成燈火管制，淺草寺僧兵戴上防毒面具活動，市電大罷工導致淺草六區的電影院打折時間草草結束或提前打烊，吹垮關西的暴風在東京的白日肆虐夜晚放晴，暴風雨過後人們紛紛湧入淺草，人潮意外擁擠，還有我常在森永等地看到的舞者高田澄子在築地明石町的旅館服毒自殺……不知不覺秋深了。

玻璃櫥窗內的手古舞淺藍色錦紗童裝也顯得不勝寒冷。打從六月的淺草祭前，人偶就已站在那裡了。

永澤屋特別細長的櫥窗內，以往陳列的都是幼兒夏裝，而今錦紗與平絹、羽二重無袖外褂和長袖的組合都已換成夾衣或棉袍。

但幼兒衣裳的美麗展示品，總讓人在夏日感到清涼，秋日感到暖和，溫情散發著一股乳香。豎立在正中央的手古舞人偶，讓才聽罷辻本陰鬱告白的我油然心生懷舊的沉靜甜美之感，然而秋意令它褪了色的淺色衣裳和草鞋蒙上塵埃，依舊閃亮光滑的黑髮與金棒的光芒更顯哀矜。

撇開那不談，在永澤屋前大黑屋食堂跳舞的稻妻屋歌三郎，似乎正好能與這手古舞人偶配成一對。各位聽到歌三郎這個名字，是否會想起前篇〈淺草紅團〉的一節呢？

「倘若和童星歌三郎並肩走在路上，弓子看起來會比這個嘴脣過分綺麗的少年更像男人。當一個美麗的女孩看似男人時，（中略）在可以看見吉原堤防火瞭望臺的死巷，我租下和她同一個大雜院的房子不久後，驀然映入我眼簾的，就是弓子正給歌三郎穿襪子。就在那個有鋼琴的玄關。她頻頻抬起袖子拭淚，一邊抽咽。歌三郎戴著帽簷很大的鴨舌帽，雙手插在日式窄袖外套的口袋，腳伸到她面前。」

祕密巢穴

十六

「弓子顯然不是被這個少年惹哭的。但我假裝沒看見，暗自躲起來。對於看似男人的她而言，此舉意味著什麼？（中略）在此必須聲明，歌三郎並非弓子的弟弟，他還是十二、三歲的小孩。春子與弓子不同之處——（中略）她比任何女人都富有女人味。眞正的女人身上沒有悲劇。看著春子，任誰都會這麼想。春子讓人感到她身上沒有悲劇，相對地，也會讓人認定，眞正的女人沒有悲劇。至少，她就是那樣的女人。」

不過，以上所寫已是五年前的事。

新茶室「祕密巢穴」的老闆娘阿春不再是那樣的人。

淺草祭第一天傍晚在公園亭喝酒時，辻本說女人是他的老婆，女人卻說自己不是辻本的老婆，談論那女人的過程中，辻本忽然哭了出來，不管是因爲喝醉了或如何，既然會哭，表示這男人或許還有救？我雖感意外，但出場表演的藝伎和身著禮服的祭典主辦人員紛紛走來用餐，我感到極爲尷尬，慌張逃離後，越過紅色圍裙印有「淺草祭　象潟餐飲店工會」這行白字的女子出沒的大馬路，走進後巷的藝伎町。

簷下掛著成排祭典燈籠，尚未出師的藝伎穿著白底條紋綴有朱竹的絽紗夏裝，有樣學樣地鬆垮垂下的短腰帶，是蜻蜓戲水圖案的絽紗，無論去傳法院庭園的攤子當服務生，或在觀音堂後方表演場跳舞，她們都是這副打扮。只見衣裳整齊畫一的藝伎氣勢驚人地來往穿梭，藝伎學徒木屐上的鈴鐺叮鈴響，茶室的女人們也出入門口，四處乘涼閒聊，這時阿春忽然朝我招呼，我吃了一驚。

只見她踩著木屐，喀搭喀搭一路追了過來。

她穿著雪白的縐紗，就像只套了件褪色內衣便在外遊蕩，這還算好，她漿挺的衣服肩頭硬邦邦往外翹，露出整條手臂，腰身鬆垮，彷彿習慣似地拱起後腰，露出醜陋的小腿，臃腫肥腴的白泡泡皮膚令人覺得噁心。

「哎呀，好久不見，你都不來找我。」她那男人般的粗嗓子吆喝著，握拳揮動起粗壯的手臂。

「過門不入太沒意思了，好歹來店裡讓我服務一下嘛。」

「沒這回事，我正要去吉原看螢火蟲。」

「又不是孩子了，到我店裡找螢火蟲不更好玩嗎。」

「妳的店在哪裡？」

「真沒禮貌，連祕密巢穴的服務都不知道，你來淺草做什麼？可得在小說中替我大大宣傳一番喔。我請客。」她說著，撈起我的手臂拽著不放。

「上我那兒喝口水吧。」

我對豐腴的阿春脖頸之壯碩感到愕然。

「妳看起來就像個勤快的正經勞工。」

「那當然，大剌剌又隨興的態度，客人反倒覺得有趣。我連脂粉也不太搽了，還變得愈來愈胖，身體卻健康起來，現在開心得不得了呢。」

的確，她臉上脂粉未施，眼角已有細小皺紋。

十七

十五、六歲時在千葉縣船型的鄉下旅館當女服務生的阿春，當時唯一的心願就是到東京的藝伎町當美髮師。如今在淺草混了十年以上，意外成了茶室的老闆娘。

以前在紅團時，她曾說男人是生活的安眠藥，但她那放蕩濡溼的雙眼，如今變得像錙銖必較的男人雙眼般乾冷無情，不僅站在路邊就大肆吹噓起自家寢具的棉花多好，還囉嗦著要爲提供我寫小說的素材討價還價。我後來才知道，她和吉原四海樓的老先生，雙方精打細算，事先就談好賺來的錢如何分帳，要是茶室的生意不理想，阿春就得按照約定去四海樓工作。

當老闆娘很有意思，況且又是新開張，玩點做生意的小花招也很受歡迎，茶室似乎生意興隆。

「去妳那裡，不知會出現哪些牛鬼蛇神吧？」我問。

「拜託，工會和警察都盯著呢。但怎麼說都是在淺草公園後方，聽說發生過怪事喔。」

她憑著天生滴水不漏的精明，極力避開昔日同夥的話題，即便我問起弓子和駒田、梅吉的消息，她也始終堅稱不知情，對我身旁的辻本更是正眼也不瞧。

阿春完全變了樣子，弓子不知這五年來變得如何？

當初叫弓子替他穿襪的歌三郎，今年該十六、七歲了，但稻妻屋歌三郎看起來只有十三、四歲，應該不是同一人。唯獨那過分綺麗的嘴脣、修長的雙眉、女人似的精緻耳朵倒是如出一轍。只不過眼前這孩子看起來更驕傲自負。

他就像表演搬木材歌的消防員，威風凜凜穿著短褂，衣襬染上大片紅色閃電，袖子也有閃電劃過，嶄新的紺藍色衣裳露出童星般的雪白肌膚，幾乎能感受到紺藍染料的氣味撲面而來。配上紅色的閃電，異樣增添情色感，大黑屋前擠滿圍觀的人群。

他的左襟印著「稻妻屋」，右襟印著「歌三郎」。我唸著「歌三郎」三字，一腳正想踩上有錦鯉與鰻魚游動的木箱，卻被人推開。

歌三郎彈起三弦琴，一邊唱歌，以自己的美貌為傲，鄙視廉價食堂的客人，彷彿施捨似地遊走在桌子之間。之後他將三弦琴推到一旁，擺弄早熟且女性化的手勢翩翩起舞，後頸剃過的短髮隱約露出的肌膚顯得格外性感。

食堂的客人們大多看得出神，專注在歌三郎與他的女伴身上。

女人就站在門口，卻因此被人牆擋住，我連她的背影都看不清楚。

她穿著紺藍飛白粗布衣裳，手裡還抱著琴。

從後方看不清是三尺六寸的中國七弦琴或八雲琴，也看不見有無琴柱，只見到三尺長較一般古箏略小的琴，桐木製的琴身陳舊泛黑，她就站在那兒彈著。

我覺得她似乎還戴著護腕，打了綁腿。

刨木屑

十八

那個稻妻屋女郎肯定是弓子。

但是辻本一點也不感興趣，拽了拽我的袖子，況且我下午一點得去公會堂參加淺草祭開幕典禮，在人潮中見弓子也不大方便。既然她在公園走唱，肯定改天還能再見面，於是我懷著滿腔興奮去了淺草區公所。可我猜錯了。稻妻屋或許就是名符其實的快閃團體[11]，我再也沒在公園見過彈琴女子和歌三郎。

我打算讓失業的跑江湖小販白井幫我找人，所以才說：

「稻妻屋就拜託你了。」

「知道了。」白井敲了一下裝滿寄居蟹的舊籃子。

倘若彈琴女真是弓子，那麼我的小說也就找到了突破口。但還是回頭解決聲稱「若你肯

11／「稻妻」在日文中的意思是「閃電」，故文中稱做快閃團體。

寫我的祕密，我應該就有勇氣死掉」的辻本的遭遇再說吧。

參觀淺草祭之行，也是我主動去他家邀請他的。

當天約莫十一點，我從他的來信，找到龍泉寺市營旅社附近後街的澡桶店，再向人打聽辻本的住處。據說他住在後方工作間的二樓，於是我從後門進去，澡桶店的後門對面雖是工作間，我卻找不到通往二樓的樓梯。

「您得先繞到後巷。」正在燉煮料理的女傭指點我，原來還有後巷？我只好先走出正門，繞了一大圈憑感覺找路，就在大雜院和大雜院之間，有條勉強可容人通過的縫隙，但鋪了水泥，我猜應該也算通道，於是朝裡走去，兩側住家的後門就像隧道的窗口亮著燈，走到盡頭，又有同樣的通道呈丁字型，骯髒的後門並排，兩端都是死路，所以我朝路中央的公用水龍頭走去，這才發現成堆刨木屑就是澡桶店的後門。沒有任何門牌。

在死巷深處洗衣服的女人說：

「您找辻本先生？」

看來我在門口的聲音連這裡都聽見了。

「他上澡堂去了，應該馬上就會回來，您先進屋裡等吧。」女人放下浴衣衣襬。頭髮依然包著頭巾。

我踩著顫巍巍的梯子上二樓，盡頭是三帖房間，前方的四帖房間是細長型，紙門對著樓梯側邊，格局很奇妙。榻榻米陳舊，窗戶玻璃也霧濛濛的或貼著白紙，看起來雖像倉庫，打掃得倒是滿乾淨，隨後跟來的女人，拿出小巧乾淨的染色坐墊請我坐。

「妳是辻本太太嗎？看來他有個賢內助啊。有這麼漂亮的太太，他怎麼不趕緊從那種買賣抽手。」

「這打扮讓您見笑了。因爲今天一早就在打掃。」女人說著取下頭巾拍打膝蓋。

辻本的住處雖簡陋，看起來倒是家庭美滿，還有個賢妻。雖然臉上有點粗糙，但面色紅潤，大大的眼睛靈活有神，皮膚白嫩，身型圓潤有致，身上散發出讓我這種不速之客安心自在的氣質，實在出乎我意料之外，甚至對於辻本竟讓這麼好的女人吃苦感到憤慨。看著這麼一個勤快賢慧的女人，我暗忖辻本原來也有這等幸福。

「沒想到他有這麼好的賢內助。」

「是辻本先生這麼說嗎？我可不是他的妻子喔。」

「可是你們都住在一起了。」

「被這麼猜想也莫可奈何。我很久沒接客了，所以只是暫時收留辻本先生。」女人說著，若無其事地笑了。

「原來妳也是做那種生意的。」

車夫同夥的女人當中也有這樣的人嗎？我難以置信地望著她。

十九

雖只是兩片看似廉價的中國桐木所拼成、但木色還很新的衣櫃，立在扮家家酒似的小矮桌後方，一座仿黑檀木還是仿花梨木的黑漆鏡臺突兀地放在窗邊，除此之外沒有任何像樣的家具。從那女人渾身散發出的溫暖氣質，看不出來生活得如此困苦。可一聽說女人也是做那種生意之後，我的觀感又不同了。

衣櫃和鏡臺都是女人靠身體買來的。

我以這樣的眼光重新打量女人。胸部和腰身的圓潤沒有那種痕跡，臉上的粗糙也予人良家婦女未施脂粉的健康美。

她肯定以爲我是辻本拉來的客人，卻對初次來訪的男人突然告白自己接過客，到底是何居心。

「最近完全沒打理外表，醜死了。」女人說著，似乎覺得沒臉見人似地羞紅了臉，那副神態近乎純眞。

我猜想她的意思是之前接客時會化妝，看起來比較美，於是說了：

「沒那回事。妳很漂亮。」

「我是個懶人。」她如釋重負似地露出怯生生的微笑。

「一旦開始玩樂就成天都在玩。」

「當上太太後就停止了吧。」

「也不可能完全停止啦。」

以這女人的條件肯定不愁沒客人上門，多半攢了一點錢後，就沉默地守在城市的底層不動了吧。或許她心想等沒錢了再去賺就好，就此在這樣的搖籃曲中貪戀甜美的酣睡。辻本其實是悄悄抱著沉睡中的女人嗎？

室內看似屬於辻本的物品，只有掛在釘子上的那件風衣。

樓下的工作間傳來桶匠給澡桶箍上圈子的聲響，同時飄來刨木屑的氣味。

「妳就光明正大以辻本太太自居不就好了。」

「嗯。」女人點點頭，又眼神迷濛地說：「但他真的這麼說？我一個人過日子，和收留他同居，其實都是一樣的。」

「年紀輕輕的怎麼這麼說。」

「哎，我都三十了。」女人坦率地說，我嚇了一跳。

她怎麼看都只有二十四、五歲。

我這才明白，難怪她雖看似年輕，卻帶著母性氣質的沉穩，原來是年紀使然。我隱約也察覺，她是天生的娼妓。簡而言之，她對任何男人而言都是性感的母親。她絕不會主動擺出娼妓的姿態，但無論被怎麼當成娼妓對待她也不會排斥。不管淪落到何種處境，她都不會陷入絕望，仍保有甜美的青春。到頭來她並未澈底變成職業妓女，哪怕從明天起也能立刻成為圈外人。就算眞的從良了，她也只會溫暖地照顧男人同時汲汲營營在自己的小日子上吧。但做生意時，她完全不會顯露出想洗手不幹的跡象，恩客在急著取悅她或憐憫她之前，自然會先感到安心。她是永遠不老的母親。

本來想到辻本淪爲車夫我還感嘆世事無情，但他能被這樣的母親救贖，或許也是活著的福氣。

悲願維明

二十

私生堂、性心堂、永樂堂、龍雲堂、知進堂、神命堂、啓佑堂、安心堂、長壽堂、起運堂、神刻堂——正如名稱所示，這些都是算命的地方。就在久米平內祠堂的後方，勢至與觀音這兩尊露天佛像旁弁天山下方的空地，雖說是「堂」，其實是十一頂帳篷。

神命堂的副業是賣線香。

啓佑堂替人解籤。

長壽堂是個撥算盤占卜的老婆婆。

神刻堂也是由老婆婆坐鎮，其他都是老爺爺。

我抱著姑且一試的心態瀏覽帳篷的廣告，只見龍雲堂寫著：

四柱推命一代運勢
神聖明教
結婚八字投資訴訟
知進堂寫著：
股票期貨高低觀測
顯微無間
其他人事各種鑑定
宇宙永久
感知通達
矢知無死
弁天山石階正下方的起運堂最熱鬧。

順境如春　出遊歡花
逆境如冬　堅臥看雪
春園可樂　冬亦不惡

（處世十訓）
欲深實淺乃智慧
欲淺實深乃慾望
欲掩卻露乃謊言
欲少卻老乃年齡
欲多卻少乃分寸
欲高卻低乃見識
欲有卻無乃財產
欲無卻有乃欠債
欲賺卻虧乃商人
欲使反被役使乃主人

前面提到的十一頂帳篷，是昭和九年秋天的景況。雖不知能否在故事裡派上用場，總之我先抄寫下來。

順帶一提，讀者最好先記住那個夜晚在千束町榻榻米店簷下擺攤，撥算盤替人占卜運勢的老太太。她白天當然是在二樓營業，但晚間七、八點至十二點這段期間，客人川流不息，生意興隆。算命費最低二十錢，一人約十分鐘至十五分鐘解決，所以假設一晚營業五、六個小時，起碼該有六圓收入。二樓的房間一個月租金十四圓，榻榻米店的簷下租金四圓，合起來一個月成本十八圓，卻可以賺到兩百圓。至於算命方法，似乎是將出生年月日、年齡及其他與算命者本人有關的數字相加，最後看總和是奇數還是偶數，就這麼簡單。

這位老太太的算命姑且先按下不表。辻木在除夕夜敲完鐘從弁天山回來途經帳篷前，已是七年前的往事了，我也忘了那時是否也有十一位算命師。就像現代兜售繪本的孩童一樣，當時已有類似拉皮條的車夫在仲見世打轉，就算讓少女替他工作，也不會像現在這樣遭到懲役處分，車夫旗下的少女也不會被送進兒童保護中心。

二十一

「根據傳說，此人稱為平內常，自認罪孽深重，遂立己身塑像於街頭贖罪，本意正是任由眾人踐踏。然而世人將踏附（踐踏）誤聽成文附（附上書信），以為許願者須在塑像前奉上一封許願書。又因某人的無心之舉，演變成許願者會將前人呈獻的許願書當成神明的回覆帶走，根據文意判斷吉凶，日後遂在神社前出現專賣封書的小店號稱文茶屋，以十二銅錢購買該店備妥的封書，在塑像前替換，然現已不存，可嘆淺草區內失去一項名物。」（大槻如電[12]）

過去的文茶屋不見了，後方的帳篷算命師雖稱不上取代神社前的文茶屋崛起，夜間亦因人跡稀少通常早早休息，但到了除夕當天生意興隆通宵營業。辻本聽聞幾個帳篷呼喚，吃驚地避開，在通往仁王門的紅磚牆邊，看到成群遊民燒起熊熊焚火熱鬧過年。

「啊，托各位的福我暖和多了。祝各位新年如意。」某人說完便離開火堆，跟在辻本身後追來。

辻本被此人引到業平橋附近，從後門進屋。

12／活躍於明治至昭和初期，通曉和漢洋學與日本傳統音樂的學者。

「哦，已經準備好過年了啊。」聽男人這麼說，從他身後往下一看，沒有水槽也沒有櫥櫃的木板房間內，一盞昏黃的燈泡如豆，兩個女孩正將滷煮胡蘿蔔、牛蒡、蒟蒻、燒豆腐分別盛入碗中。過年的準備僅此而已。

旁邊的木板房間地上鋪了一張白紙，放上三個小年糕當裝飾。

姊妹倆相依爲命，妹妹據說年僅十五。

之後，妹妹睜開眼睛，一臉不可思議地凝視辻本。

辻本從旁邊的帽子取下竹籤尖端夾的三角形紙片，遮住了妹妹的眼睛。

「給妳一樣好東西。」

「這是什麼？」

這是淺草觀音堂在每年正月初一午夜零時開門時販賣的開運除厄護身符。

「祝妳今年運氣更好。」

小姑娘像孩子得到玩具般拿在手裡打量。

「原來是護身符啊。」她說著，猛然轉身趴倒，抽泣出聲。

這下子可將身上發生的不可思議之事敷衍過去了。辻本悄悄站起來，小姑娘立刻撲過來抱住他的腿說：

「不能走。你不能走。」隨即哇哇大哭起來。

辻本又重重地倒臥下來說：

「妳別哭了。已經是新年了，是正月初一的早晨嘍。」

二十二

鎔銅鑄鐘　治功已成　撞之擊之
殷殷雷轟　鐘本無音　觸物能鳴
觸物是何　一切眾生　眾生一切
種種有聲　音聲種種　唯一銅鯨
鯨吼忽發　迷夢頓驚　況斯薩垂
威德崢嶸　誠念彼力　恭稱其名
諸苦解脫　悲願維明

這是大佛山錢瓶弁財天的殿旁一座鐘上的銘文。

這座鐘在元祿五年八月重鑄。當時據說德川綱吉將軍親自披上紫色帛紗，取出黃金兩百枚投入鑄鍋，應該是因爲鑄造梵鐘時若不混入黃金，鐘聲便將缺少餘韻之美。或許眞是因爲多了黃金，淺草的鐘聲始終縈繞空中，餘韻裊裊。

辻本離開那房子時，一百零八下鐘聲已經敲完。狹小通道的新年裝飾竹簌簌碰觸身體，一抹冷笑浮上他脣角。

與其說是嘲笑抱著他的腿死不肯放手的小姑娘，毋寧更是自嘲吧。他露出冷笑的臉頰同時也爲羞恥染得通紅，證明了這一點。

當時他還沒完全失去昔日白面少年的影子，額頭和脖子同樣光滑細膩的肌膚，神經質地映現心中的感嘆。他彷彿被自己的白皙肌膚逼得走投無路，只能懷抱悲願徘徊淺草不去。

那個除夕夜，他其實先去了另一個女人家裡。

當時他正從雷門往駒形的方向走路回家，看見一名人力車夫抱了一大堆採買的年貨。仔細一看，是言問街拉皮條的車夫，他正暗忖此人靠著吸女人的血，新年過得倒是挺好的，這時化妝品店「百助」走出一位小姐，車夫似乎是陪她出來採購，如此看來應是大戶人家僱用的車夫私下違法的兼差賺取外快。辻本這番猜測後，決定稍稍嘲諷對方，於是佯作熟識追了上去，故意提高讓小姐也聽得見的聲量說：

「喂，能替我安排這個小姐嗎？」

沒想到一拍即合。

爲了這女人，後來辻本甚至害死了唯一的妹妹。要是沒有這女人，他也不至於淪落成車夫。

那又是另一個故事了。總之今年元旦晚上，我見到久違的辻本。

我從元旦起住在廣小路後面的舟和旅館，就在區公所街的下總屋對面，由生意興隆的舟和蜜豆冰店經營。

十一點過後我外出吃消夜，走進新建的朋江食堂，門口招牌和店內張貼的海報，都大幅寫著「樓上樓下價錢一樣」這個頗富淺草大衆食堂風格的廣告詞。我叫了上等牛肉火鍋配白飯，要價三十三錢，和住宿費一圓五十錢比起來（各位，舟和旅館一晚兩圓的西式客房，房間大得可放上五、六張椅子，淸潔又氣派。叫外賣是白飯十五錢，泡菜要價十五錢，可是旅館的人親切告訴我，只要走出旅館，外面十二、三錢就能飽餐一頓。聳立在廣小路的五層水泥建築是淺草最大的旅館駿河屋，同樣是一晚一圓五十錢和兩圓），教我甚感愉快。一出食堂，就發現像牛皮糖般緊跟著身穿褪色海獺皮領大衣的路人，一邊滔滔不絕遊說一邊迎面走來的男人，定睛一瞧正是辻本。

他起初沒看到我，走了六、七步後，辻本倏然離開那男人，帽簷往下一拉，臉撇向一側走向我。

「你去做你的生意吧。那人應該是好客人吧？」

「是從外地來東京的鄉巴佬，看來有點謹慎。適逢新年，我總算從拘留所出來了，裡面熱鬧得很呢。」

「找地方慶祝一下吧！對了，你現在還在上班吧。」

「要喝酒的話，我倒是知道一個清靜的地方。要不要去看看？」

「讓我取代剛才的客人？」

這時辻本已經攔下計程車，正比畫手勢和司機殺價。

元旦的襯衣

二十三

從後門上二樓，原來如此，花梨木桌旁有一只桐木火盆，盆上的鍍金芙蓉花圖案已泛黑成鉛灰色，大塊木炭燒得正旺。

我將手放在火盆上方烘烤，攪亂乾淨的炭灰。辻本在桌子對面端坐。

母子燈的大燈沒亮，只開著小燈，應該是二燭光吧。辻本幾次站起來調整電燈，但燈光並未變亮。

這個六帖房間隔壁似乎是三帖，從拉門縫隙隱約可見隔壁的燈光。

「隔壁有客人嗎？感覺靜悄悄的。」

「不，隔壁沒人。」

「有人。」

「沒有，不信我開門給你看？就一張暖桌，想去隔壁取暖也行。」辻本說著抬腰作勢起身，我心想或許果眞如他所言，於是說：

「算了，不必打開看了。」

不久女人端茶上來，身上的村山大島綢布衣裳倒是不錯，但一張圓臉平淡無奇，毫無特色。

辻本還在調整電燈想打開大燈，站在那兒顯得很焦急。

「這燈壞了吧？」

女人走下一級樓梯時才接話：

「只要拉繩子就會亮。」

「哦，這個嗎。」才說完，房間就大放光明，但辻本還是一臉浮躁。

「燈沒壞啊，也不是故意耍花招製造情調，原來如此。」

「那女孩十七歲？你在計程車上是這麼說的吧。」

「十八。已經習慣在客人面前故意將女人說得小一、兩歲了。」

「這裡就她一人？」

「對，目前只有她。你不中意？」辻本的口吻逐漸像個拉皮條的。

女人看起來也不只十八，而且從這房子的狀況看來，應該有兩、三人在，但我懶得再和他囉嗦，只是默默對著火盆烤火。

辻本的妻子八成又找了間新房子，他帶我來是要請我喝年酒吧？而且打算讓我走時留下紅包吧？我心下如此猜測。我雖跟在辻本身後而來，卻被他當成路上拉來的客人對待未免感到意外，但仔細想想，又似理所當然，所以也沒生氣。

看到辻本小心翼翼窺視我興味索然的臉色，我不禁暗想，倘若他新年第一天就拮据至此，我就在屋裡留下茶水錢，再給點跑腿費，請他一起去吃點熱食吧。但我又覺得這只不過是我那點無謂的虛榮心在作祟，最後默默從錢包取出三圓。

辻本鬆了一口氣走下樓，女人立刻出現。

「喏，去樓下吧。」

「在這裡就好。」我說著，也沒脫外套，戴著帽子繼續烤火，女人見我如此，似乎一時間不知該怎麼應付，我任由她拽著袖子拉我起身。

「隔壁房間有人吧？」

「對。」女人誠實地點頭。

二十四

樓下的六帖房間，女孩獨自坐在暖桌前。

辻本說的十七歲姑娘，就是這女孩，看來並非騙人。出於某些緣故，變成年紀大的出場陪我。

她穿著大花圖案的家常和服外套，墊肩翹起，更顯商家庶民女孩的氣質。女孩看起來很瘦，肯定體型修長，未施脂粉的臉頰，血色還很紅潤，濃密粗厚的頭髮梳理得油光水亮。比起體型，塌鼻子的五官顯得低俗，並非美女，但小臉上的皮肉緊緻，乍看之下並不像做這種行業的女人，倒像是任何城市都有的普通女孩。

她即便在我進房間後也沒轉過頭來，看起來倒也不是害羞，只是一臉漠然。看來應不是這兩天才下海接客，神情似乎比那年紀大的女人更老練。我依舊戴著帽子，彎腰伸出手放在長火盆上方烘烤，就像順路去熟人家小坐似地，一臉平和問：

「車夫呢？」

「走了，這是他說要給你的。」

我接過一看，是藥品。年長的女人也彎腰靠近火盆，說她從小到大只受過傷，但是從沒生過病。

「可是用那個會變黑喔，傷腦筋。」

「是什麼顏色的？」

「是紫色藥水。」女人說著，朝暖桌轉頭，年輕女孩這才展顏一笑，低頭後就讓一邊臉頰貼著暖桌的蓋被，面朝另一邊，憂鬱地垮下肩膀倚靠。蓋被若非舊內衣布頭那種布料，看起來幾乎就像新年玩花牌後累得打盹的模樣。

「有三人在，不需要擔心呢。」

「我們是從家裡過來的，白天只有二樓的婦人在。」

「婦人？哦，是剛才那個車夫的——」

「啊，你以前來過嗎？」

自己脫口而出的話和女人的誠實都讓我嚇了一跳。

「嗯，好像在哪見過那女孩。」

女孩從暖桌抬起頭，一副近視般皺起眉頭仔細打量我。

「你騙人。」

「妳應該常在淺草四處走動吧？」

「胡說八道。我家很遠，我從來沒出過大門。」女孩說著，又恢復原先打盹的姿勢。

我探頭朝暖桌後方玄關旁的二帖房間窺視，看見那張冷淡的表情，年長的女人依舊在一旁嘮嘮叨叨說個不停，我只好突然握住她的手肘。

「妳看看她，還眞冷漠。」說完又縮回手。

「但心是溫暖的喔。」

「心溫暖身體嗎？」

「那你呢？」她說著抓住我的手臂。

「哇，你這件襯衣好柔軟，一定很暖和吧。哦，好舒服。」她忘我地雙掌來回撫摸我的襯衣，還拉起來瞧，我心下一驚，一屁股跌坐在地。

「欸，妳也過來摸摸看，軟綿綿的好舒服。」她呼喚暖桌的女孩。

「讓我摸摸看。」女孩從暖桌伸出一隻手指細長的手。

「喂，別鬧了。」

「這叫什麼襯衣？第一次看到這種襯衣，穿起來肯定很舒服吧。冬天很多人不脫襯衣，這是毛織的嗎？」

「是駱駝毛，沒什麼稀奇的。」

我紅著臉，悲哀地笑著，頹然垂首半晌。

淺草紅團

作者有言。這部小說或許會對紅團成員及盤據淺草公園的人們造成莫大困擾。然此文純屬虛構，尚祈見諒。

彈鋼琴的女孩

一

鞣製的鹿皮搭配赤銅配件，瑪瑙繩扣，鍍銀煙管，腰掛古典菸盒，內有防止高級國府菸草乾癟的青菜莖，白色緊身褲、黑色綁腿與白色護腕，典雅的藏青色細條紋和服下襬撩起塞進腰帶，彷彿江戶時代大衆插圖小說中的黏鳥人，據說迄今仍可在東京看到這種打扮。此言出自警視廳的警部，應該不只是出於懷古趣味的戲言。

如此看來，或許我也該模仿江戶人的言談，稍微調查這條路——是了，就是接下來要爲諸位讀者介紹紅團成員住處的這條路，看看是否和昔日萬治寬文年間，人們穿著白色皮褲佩戴白鞘大刀，騎著白馬，命馬夫吟唱小室民謠去吉原花街尋歡作樂的那條馬道是同一條路。

但已淩晨三時許，就連流浪漢也沉睡夢鄉，唯獨我與弓子走在淺草寺內。銀杏飄下落葉，雞鳴不止。

「奇怪，淺草觀音還養雞嗎？」我說著，悚然駐足——我看見四個盛裝打扮的女孩臉色慘白地站在前方。

「看來你無法成爲淺草人呢。那是花屋敷遊樂園的人偶啦。」我被她如此揶揄。

說到黏鳥人，他們往往會等天快亮時才持長竹竿捕捉樹梢上的鳥。因此和素來晚起的我無緣。

不知吉原花街最近是否連女孩們的照片都禁止高掛出來，只見她們的照片如蝴蝶標本擺在玻璃櫃中，必須湊近才看得清楚。

再比方說，外型仿照打字機與鋼琴的那種樂器，我們稱之爲「大正琴」，然而如今已是商人動起腦筋，改名爲「昭和琴」的時代了。我倒不是在懷念江戶時代，不如就當著諸位面前，打開大地震後行政區重新畫分發行的「昭和地圖」吧。

話說回來，上野的鶯谷通往言問橋的那條柏油路有淺草公車行經。從公車的「淺草觀音後」站牌向北走，右爲馬道町，左爲千束町，再走一小段路，左側就是象潟警局，右側是富士尋常小學校[1]，繼續走到淺間神社後是個十字路口。沿著神社的石崖前進是公有市場，然後是吉原河堤排水溝上的紙洗橋，不用過橋，拐進某條巷弄。「某條巷弄」聽起來太像老套的小說開頭，這些人又沒犯下任何該判處死刑的大罪。不僅如此，罪過甚至不及盤據淺草

1／明治維新至二次世界大戰爆發前的初等教育機構。

的人力車夫，在此寫明地點倒也不打緊。

「先生、先生。」在淺草公園及吉原花街攬客的人力車夫前來攀談。

「您看起來是花叢老手，不如偶爾換個地方嘗嘗鮮？」

談妥之後，車夫旋即將橡膠鞋換成木屐，將他們已如註冊商標般的帽子往車上一塞，攔了一輛計程車，車費從一圓殺到五十錢就帶客人走。他們各有各的地盤，也不會告訴同行；更狠一點的還會帶過路客去照顧情婦的生意。那女人可能有九歲和四歲的孩子，或才剛生下六個月大的嬰兒。

但是，若各位對「千社札[2]」感興趣，想必曾在哪個寺院或神社見過「紅座」的參拜貼紙。他們懷抱希望，祈願紅團能夠如同紅座這個名稱，好比在空地悄悄搭個草簾小屋，華麗地——在他們看來華麗地——打響他們整個劇團的名號。他們之中就有一名少女，在仲見世[3]靠著跳查爾斯頓舞（搖擺舞）來推銷皮球。

2／參拜神社或寺院後，在顯眼處貼上札紙做爲紀念。紙上寫有自己的姓名地址。

3／神社或寺院境內的商店。通常指淺草的雷門至寶藏門這條淺草寺參道的商店街。

二

不過就算有「千社札」，以紅團的作風可想而知，他們不會窮極無聊地非要考證紙面圖案是由花山天皇[4]首創、或歌川豐國[5]也畫過云云；也沒有虔誠到眞心立誓參拜一千座神社。但他們的確和世間一般的信徒團體稍有不同。最好的證據就是某日，船家時哥兒——他父親是駕船航行大河的船夫，因此衆人皆稱他「船家時哥兒」——那個小混混對我說：

「你知道五重塔吧？」

「你是說觀音寺的那個？」

「嗯。五重塔從上數來或從下數去第三層，面對仁王門的方位，有一塊鬼瓦[6]雕刻了長角的猴臉喔。眼珠是金色的，我好想在那張猴臉上貼札紙。」

就是這樣。比如在淺草寺仁王門三個大燈籠中央的入舟町的燈籠黑色底部，或者向島的牛島神社庭園棄置的牛角上，舉凡這類荒唐又失禮的地方，他們都會趁著黑夜貼上「紅座」的札紙。

所以，他們的紅座，不只是因爲他們渴望當藝人而成立，似乎推出奇想天外的表演，讓

4／花山天皇（九六八～一〇〇八），日本第六十五代天皇，僅在位兩年，十九歲出家。

5／歌川豐國（一七六九～一八二五），江戶時代的浮世繪師。

6／日式建築頂端設置的裝飾瓦片，用以除厄避邪。奈良時代後多半雕刻鬼面而得名。

世人大吃一驚就心滿意足了。

話說回來，我受他們委託撰寫一幕紅座要演出的戲碼，但他們其中一人的要求既可愛又可憐。

「光是handle（握手）太沒意思了。我的角色能不能再多點福利，像大家一樣，讓我和明哥兒一步一步做到最後。」

話再說回來，對了，我記得那是我與明哥兒漫步淺草六區時發生的事。

當時葫蘆池岸邊，許多人擠在那裡嘻笑著，小春日和[7]的陽光溫暖照耀他們的背影。可我探頭一看不禁吃驚，正好葫蘆打結之處的池心有座小島，兩岸搭起立有紫藤棚架的橋。島上一家賣關東煮的小店立花屋前，垂柳下方的八角金盤旁，站著一名大漢，正在撿拾餵食池中錦鯉的麩吃。此人站在淹過腳踝的水中，拿起七尺長的竹竿努力聚攏漂浮水面的麩，就這麼站在水裡狼吞虎嚥。

「真是瘋子，居然搶鯉魚的食物。」這頭岸邊又是一陣大笑。吃了十四、五塊麩後，大漢若無其事，近乎威風凜凜地離去。

誰知明哥兒小跑步過去，在昆蟲館後方叫住大漢：「健，健！」給了他十錢銅板。然後對我說：

7／晚秋至初冬的溫暖晴天。

「那傢伙不久前還是這裡的遊民。」

「遊民？」

「也算是乞丐。沒有地盤、四處流浪的乞丐。後來洗手不幹了。才聽說他不久前光榮升格爲勞工，沒想到又回來重操舊業。社會太不景氣了。」

「搞了半天原來不是瘋子啊？」

「不假裝成瘋子，哪能去吃池中的麩呢。但說不定他眞的瘋了喔。有些人就算精神正常，也會在衆目睽睽下撿垃圾桶的東西吃。況且如今重操舊業，那傢伙脾氣又傲，肯定分不到吃的，這才餓壞了吧。」

觀諸紅團成員的作風——我將這些人的住處介紹給各位應該不打緊吧。言歸正傳，關於前面提到「某條巷弄」，我之所以誤入「某條巷弄」，並非閒暇無聊熱愛四處探訪，我自有我的祕密任務。在那死巷深處，一位彈鋼琴的短髮美麗女孩，則是我的意外收穫。

三

話說，「某條巷弄」還沒到吉原河堤的紙洗橋十字路口，就在前方不遠處左轉有塊空地。右邊是毛氈與軟木的草鞋製造商，左邊是水灸屋，空地後方掛著「吉屋出租」的牌子，我越過成排土管和枯草，鑽進那條死巷。當然那是大雜院，入口的房子兩側下方堆滿了袋裝木炭，二樓似乎才是住家。巷子橫空搭著竹竿，晾曬內衣和女人的衣物。

「要是從這道門進去，便不怕被人發現。」

我爲了鑽過那扇掛滿衣物萬國旗的門，縮起脖子朝左看，就看到日本堤消防隊的防火瞭望臺頂端。

「原來在那附近啊。」我一邊嘀咕，朝裡走到第三家——當下彷彿被人塞了滿束紅花愣在原地。

一個穿紅色洋裝的女孩正在玄關彈鋼琴。在衣服的紅與鋼琴的黑襯托下，她膝蓋以下的潔白裸足更顯清純。說是玄關，其實不過是木屐般長的一小塊脫鞋口；站在敞開的門外，幾乎伸手就能拽到她腰部的黑色蝴蝶結。她全身的裝飾只有那個蝴蝶結，無袖衣服，領口開得很大，與其說是小禮服，或許更像在家中穿著登臺表演的舞衣。像男人一樣剃高的後頸髮根之間還殘留白粉。

那女孩驚訝地轉頭看我，此時一名十二、三歲的少女也跑來，一臉狐疑地仰望我。我向前邁出一步。

那家的門口掛著一塊圓形木板，上面雕刻「鋼琴教室」幾個綠色的字。少女說：

「姊姊，Casino Folies劇團[8]據說又要在水族館表演了。」

「眞的？那我乾脆去應徵光腳走舞臺，表演那什麼revue（歌舞秀）算了。對了，腳踏車怎麼樣了？」

「借到了。」說著，兩個女孩似乎要上二樓。

我要找的出租屋就在隔壁的隔壁。但在看房子之前——

「對了，對了！」我忍不住想拍膝大喊——我終於想起這對姊妹花了。難怪我總覺得在哪兒見過這兩人。

我先前在扇子師文阿彌的寶扇堂買了一把舞扇，準備寄給鄉下的妹妹，之後前往仲見世的鬧街，轉角就是樂器行，店內有口琴、曼陀林、銀笛、中國橫笛、小提琴、木琴、尺八、大胡琴。當時坐在店內的女孩，靈巧彈奏著已經改稱「昭和琴」的「大正琴」，流瀉出各位

8／日本的喜劇劇團，昭和四年（一九二九）以淺草水族館二樓的「餘興場」爲根據地創立。

透過電影已耳熟能詳的流行曲，她就和這巷中女孩長得一模一樣。

又到了秋末，淺草已是當街兜售月曆的季節，今年也有許多賣小皮球的女子。她們推銷皮球的方式如出一轍。像纏繞彩色絲線般裹著藍布與紅布的皮球，比手掌略大，她們拿繩子將皮球掛在中指，讓皮球在空中跳呀跳地吸引路人；多半是中年婦女或小女孩，靠著可憐兮兮的模樣博取同情推銷。

可有一個靠著美貌推銷彩球的少女。她梳著妹妹頭，綁著紅色蝴蝶結，迷你裙飛揚，塗得豔紅的嘴脣吹著似乎是爵士樂的口哨，襪子滑落的雙腳蹦蹦跳跳大跳查爾斯頓舞，打拍子的雙手掛著皮球，皮球幾乎成了鈴鼓或響板。那個少女也和巷中女孩長得一模一樣。

我決定租下巷裡的空房子。後來，我沿著宮戶座劇場前那條路要去淺草公車「公園後宮戶座前」候車站時，後方忽有兩輛舊腳踏車從我身邊掠過。其中一名年輕人和巷中女孩如雙胞胎般肖似。

「喂，緊跟著那輛腳踏車！」我急忙攔下計程車催促司機。

隅田公園

四

跳西班牙式舞蹈的舞孃——這絕非捏造，是我親眼所見，舞臺上的舞孃手臂貼了小片ＯＫ繃，遮掩似乎剛注射過的痕跡。凌晨兩點的淺草寺庭院，十六、七隻野狗咆哮著可怕的聲音，一齊追逐一隻貓。但我並非因爲從這樣的淺草嗅到犯罪氣息，才跟著舊腳踏車窮追不捨。

深夜一點半過後的淺草，路上的刑警似乎比普通老百姓還多。然而我既非偵探、也非刑警，若不是彈鋼琴的女孩太美，我恐怕早已打道回府。

我坐的計程車沿著大馬路還沒開到淺草憲兵分隊前，就已和那兩輛腳踏車並駕齊驅。眼前就是言問橋了。

只見一群在工地夯土維生的女人，包著頭巾從本所那邊像男人似地過橋而來。橋上有賣麻糬和拉麵的攤車。對岸是動工前的牛島神社，只架設了細木頭和鐵皮屋頂的臨時屋頂，隨著河上蒸氣發動機的聲響輕輕震動著。從橋頭的牛島神社一拐進新小梅町，計程車急忙煞車，司機問：

「要等他們嗎？」

兩個年輕人正在神社前買千歲飴[9]。

「搞什麼，這是知道被跟蹤之後，就想給我嘗嘗甜頭[10]的雙關語嗎。」我苦笑著讓計程車離開，信步走進糖果店。

仔細看那個與彈鋼琴女孩恍若雙胞胎的年輕人，好像比她小了兩、三歲，約莫十六歲，頭上反戴鴨舌帽，穿著破舊的燈心絨長褲，臉孔髒兮兮的，只有耳朵如貝殼工藝品般精緻美麗。那耳朵，和他愕然轉向我的雙眼，或許讓我也臉紅了。他匆匆走到店外。

然後是枕橋。札幌啤酒公司的「枕橋啤酒屋」大招牌在左側出現，他們進入了隅田公園。

原來的枕橋旁要蓋新的鐵橋，因此起重機坐鎮在大河中央，正對面是高聳的五重塔。那綠色的屋頂浮現在鉛灰色的水面與城市之上，不像建築物，反倒像是令人懷念的綠色植物。

新的隅田公園，乃至長命寺一帶，以現代的時髦說法，沿著河岸有boat race的course

9／日本在七五三節時，爲祈求自家孩子長壽而給他們吃的一種糖。

10／嘗嘗甜頭的日文「飴を食わす」字面上是請吃糖，隱喻故意示弱先討好對方，趁機套出對方的眞心話。

（賽艇路線）直至商科大學的遊艇庫，是一條柏油路面的步道。這是昭和時代的向島堤。

「預備——」年輕活潑的妻子和丈夫並排站好，看來任誰都想在這道筆直的柏油路河岸賽跑。

「開始！」妻子一腳踩著毛氈草鞋，和丈夫一起跑出去，手裡各自抱著一個兒子。無論是深藍色長褲、藍色緞帶乃至髮型，都是一模一樣的雙胞胎。

就在那幸福的一家人後方，我看見兩名年輕人一邊自嘲「嘖，腳踏車沒氣了」，然後並排停下腳踏車。擁有美麗耳朵的他從口袋取出爵士笛。那種爵士笛是在小片金屬板上排列笛子，今年在夜市掀起孩子們一陣狂熱。只見他吹得響亮，就此展開一場腳踏車競速賽。

船上的狗吠叫。第七墨田丸號拖著第七吾妻丸號沿河上行。學校的小艇到岸邊停下船槳休息。兩個梳髮師的助手將手包在圍裙裡，朝那裡跑了過去。

我鑽過言問橋下，繼續跟蹤兩人。這一帶空氣很冷。或許流浪漢會來睡覺，到處是白漆寫的大字「此處不可睡覺」、「禁止躺臥」。

我再次發現他們時，地下鐵食堂的尖塔已經閃爍起紅藍電燈，從言問橋上，可以望見船上的晚飯。

就在這裡，我頭一次向紅團成員搭話。

五

昭和三年二月復興局建造的言問橋，寬闊平坦大氣潔白，就像是現代化的甲板。在淤積著都市垃圾的大河上，彷彿劃出一條嶄新健全的道路。

但我再次過橋時，廣告霓虹和路燈已落入黑黝黝的水中，流淌都市的哀愁。公園猶在施工的淺草河岸，在暮色中浮現白色石板，遠處可見載貨的駄馬旁生火取暖的工人們。

從橋上倚欄探頭向下看，隱約可聞漲潮的水聲。繫在巨大水泥橋腳的三艘貨船裡，人們正在吃晚餐。

船尾的小炭爐炊煙裊裊，包頭巾的女孩抱著飯鍋走過船舷而來。船頭斜靠著船櫓，上頭晾曬紅色衣物。隔壁船上也在煤油燈下烤起了秋刀魚，船頂胡亂堆放味噌篩子、木柴、水桶等雜物。

除了我之外，三五下班行人也從橋上探頭觀看，但船上一家人若無其事。河上蒸氣船駛過水波搖晃，船上洗蔥的孩子一陣腳步踉蹌，此時身後有人說：

「時的船在不在？」

「時？」

轉頭一看，發話的是我跟丟的腳踏車二人組。洗蔥的孩子忽然抬頭看。

「是時哥兒吧，我丟糖果給你。」

「喂，你知道嗎，我爹說可以借你船。」河上傳來聲音。

「借我？眞的嗎？」

「我爹說因爲你沒做過壞事。不過，你得請我們一家四口去看安來民謠表演。」

「沒問題。別那麼大聲。接住糖果。」

糖果咚一聲掉在船頂，三艘船上的人全探出頭來往橋上瞧。我大吃一驚，船上光是孩童就有七人。

千歲飴紛紛丟落，橋上擠滿看熱鬧的人。

酷似彈鋼琴女孩的青年，打從剛才就沉默不語，這時悄悄走出人牆後方。我冷不防問他：

「你借那種船要做什麼？」

他猛然往旁撇過頭，然後一腳跨上腳踏車，冷冷地看著我。

「這個嘛，或許在船上讓女人賣身吧。」

「你啊，一看到雙胞胎，就會像方才在隅田公園那樣憤怒吧？」我自認已命中要害，可他悠然吹起口哨。

「那個在家彈鋼琴的女孩和你是雙胞胎吧?所以——」

「哦,你是看上她才跟蹤我嗎?」

「不,我打算租下旁邊的空屋。」

「哼,難不成你想住鬼屋?」

「有何不可。」

「呿,那可是賭場,四處打轉小心討來一頓打。」他說完,對同伴尖聲吹口哨打信號,隨即跳上腳踏車揚長而去。

我與紅團成員的初次邂逅以失敗告終。但要是以這樣的步調說下去,只會讓各位讀者備感乏味,姑且先將話題遠離他們吧。

好比這個「船家時哥兒」,我也是後來得知,他通常從船上去淺草觀音寺內的淺草尋常小學校上學,每天早上他父親會讓船停靠在言問橋讓他下船。但在大河上工作的船,不見得都能趕上放學時間過來接他,他只好在淺草消磨時間到晚上,有時甚至得待到隔天早上,直到父親的船來接他。於是他成了混跡公園的孩子。

也可能是我一心想讓紅團成員博取各位的好感,似乎稍稍過於強調他們美好的一面。

男人頭[11]阿某

六

前面我說，我似乎稍稍過於強調他們美好的一面。

然而，某次弓子說：

「哪有那種事。我本來就很美，正因爲我美，淺草才會賞我一口飯吃。我在樂器行和木馬遊樂場打工也是如此。況且在淺草，拿外貌的悲慘醜陋當賣點的乞丐實在太多了。」她調侃我：「不過，像你這種人永遠不會明白淺草到底能有多醜陋。」

她所謂的「美」是容貌之美，和我對各位再三談論的「美」稍有不同。對了，我再舉個例子吧。

那是十一月中旬，我談起當天報紙上的一則報導。

「晚報上不是寫了一個名叫男人頭阿某的女人嗎？」

11／散切り，將日式髮髻剪斷改爲西式髮型，是明治初期流行的男士髮型，被視爲文明開化的象徵。

「阿某？光這樣說哪知道是誰。你瞧，我這髮型也是男人頭喔。我最討厭清湯掛麵的短髮，我就是男人頭阿弓。哎喲，騙你的啦。」弓子露出眼瞼下方的單邊酒窩，順勢向前邁出兩、三步。

「當然，既然要掛出鋼琴教室的招牌，的確應該先剪成『男人頭』。」

「但男人頭在淺草也是形形色色呢。」

「聽說是爲了防止女孩逃出感化院，才將腦袋剃光頭……」

「哦，你是說阿信吧。」

「聽說她被象潟分局抓了十幾次，從感化院逃出七次，打從十歲起就在這公園待了七年……」

「對，就是豪放女阿信。」

「『豪放女』是什麼意思？」

「就是像阿信那種妓女呀。接客對象都是打零工的工人啦、守在坡道邊等著替人推車的站街仔啦，還有撿破爛那種沒地方住的人。聽說多半是不到十四、五歲的小女孩或年過四十的老太婆。露宿街頭的『妙齡少婦』似乎並不多。要是機靈一點的女人，做人家的情婦也能活的。」

「對了，說到阿信，她算是那個『枸橘阿信』的第幾代？」
「哎喲，這種事你是從哪裡聽來的？」
「那是不良少女史上的英雄吧？我好歹聽說過名字。據稱她十三、四歲就組織一個名叫矢房團的不良少女團，並且擔任團長，率領二、三十名部下，以深川八幡爲根據地，才十六歲就和一百五十個男人睡過了。我這個忠於歷史的答案如何？」
「所以說你在做夢。叫阿信的這麼多，可不能一概而論。要我介紹男人頭阿信給你認識嗎？」
「不，光是男人頭阿弓我就受夠了。」
「哪有那種事。不過，你們還是見一面吧。早上比較好，你可以和明哥兒一起去，那個時間流浪漢正好陸續從他們豪華的床鋪醒來。就算沒見到阿信，肯定也能見到一、兩個豪放女。」
她似乎牢記著約定，不久明哥兒便邀我去晨霧瀰漫的公園。
路燈徹夜燈火通明。那光芒首先在晨霧中緩緩甦醒。
這條懸掛著成排鈴蘭型裝飾燈的瓢街，俗稱「米久街」。在街上，也就是公園唯一通宵營業的吾妻總店吃牛肉鍋早餐時，聽聞廣播體操的口令聲響起。

這時間流浪漢似乎都會來觀看電影院招牌。沒有人驅趕，也不會被嫌髒，他們在晨光中愉快地仔細欣賞招牌。

在晏起的淺草，不知怎地，理髮店似乎最早起，但此刻同樣也還沒開門。店前，一名嬌豔少女站在柱子上鑲嵌的鏡子前化妝打扮。

七

今天早上明哥兒的臉——我在言問橋跟丟的就是他，但他已洗去一臉髒汙，像歌劇舞臺的少年般白皙。或許是爲了藏起脖頸的光滑細嫩，他將十指在頸間交握，臉埋在雙肘之間，步履匆忙。

他的手肘上，掛著看似小學生裝室內拖鞋的袋子。

「那是你的便當嗎？」

「是化妝用具。」

陰影朦朧的日光，猶帶晨霧氣息。沒有一家店開門。

那是從日本館旁穿過須田町食堂廚房後巷的北仲町，俗稱狸貓橫町。白天，小商店裡揮舞特價拍賣的紅旗一團混亂，但清晨的柏油路就像模型街道一樣乾淨。路上只站著那個面朝理髮店柱子上鏡子「搔首弄姿的瘋女人」。可近看不僅稱不上美，還渾身溼淋淋。明哥兒忍不住跑過去。

「快回家吧，姊姊。」

梳著秋色島田髻這種奇特髮型的女人，這時轉過頭來，臉上的白粉厚得像京都傳統點心「落雁」，繡著白梅的紅色衣襟透出異樣的哀愁。明哥兒仔細端詳她的凌亂衣襟，替她拍去下襬的灰塵。

「真的是天亮後才出門的？妳的衣襬是自己拉開的吧？不是半夜就跑來吧？」

而她——彷彿那是瘋子的證明，默默邁步走出。

我們來到仲見世。兩旁店家鐵門深鎖，小販在店門口鋪塊草蓆便做起生意。穿著旅館棉袍的鄉下客人，正在買一打十錢的鉛筆。

四周是早上就來拜拜的藝伎、通學的學生、乞丐、保母、打零工的工人、玩樂到早上的男人、流浪漢；就算一衆三教九流也不稀奇。但寺內的攤子從早上七、八點就擠滿脫離社會常軌之人，也是淺草不可思議之處。

仁王門左邊小屋掛的「正殿大營修繕捐款受理處」、「正殿屋頂瓦片捐贈受理處」的木牌很顯眼，距離淺草眞正熱鬧起來還早。裹著紅色毛毯的乞丐倚靠著小屋呼呼大睡。

右邊的久米平內 12 祠堂後方，約二十名流浪漢在吃早餐。磚牆樹蔭下的大鍋冒出鹹粥熱騰騰的蒸氣，大鍋旁的男人對曬太陽的男人們招呼著：

「早。」

「早。」每人分到一碗。

觀音堂旁，賣竹馬的小販威風凜凜地砍著青竹。賣鴿豆的阿婆拿煮熟餵鴿子的豆子當早餐大口猛扒。阿婆們共六人，都包覆頭巾，鐵皮小桌並排擺放。至於鴿群——地面、屋頂和天空到處都是。

征清軍凱旋紀念塔後方的燈籠上停了四、五隻雞。

穿過鴿群，來到有樹林的廣場，每張長椅都是流浪漢的晨間聚會。

穿梭在長椅間兜售報紙的孩童、來招募工人的工頭，到處擠滿了人，但多半像孤獨底層的瘋子般，一臉失神沉默不語。

12／久米平內（一六一六～一六八三），江戶時代前期傳奇人物，武士、劍術家。

我正想去公園後方，明哥兒拽住我的袖子說：

「你看。」

那一頭的長椅坐著兩個公園的灑水夫。有個男人過去向其中一人討菸屁股——不，是女人。看那扭腰擺臀奔跑的姿勢就知道。雖然穿了兩件沾滿泥濘的條紋棉袍，綁著男用腰帶穿橡膠鞋，卻分明是個女人。

「懂了嗎？那也是其中一個男人頭阿某，也就是淺草最卑賤的人物。還能跑已算是這女人的福氣了，流浪漢還跑不動呢。要是看膩了『男人頭』就回去吧。我得將姊姊交給別人，再去租衣店換件衣服上班。」

男人頭阿某將蠟黃鬆垮的臉孔湊近對面長椅的男人，遞給他撿來的菸屁股。男人一腳穿著破皮鞋，另一腳是草鞋。

昆蟲館

八

花屋敷遊樂園的公老虎，讓一腳大剌剌壓在母虎的肚子上呼呼大睡。這一幕看起來頗有家庭氣氛。但是以花屋敷與昆蟲館來說，這兩處之所以能夠成爲淺草具代表性的家庭遊樂場，連各位都耳熟能詳，當然不是因爲老虎夫妻的睡姿，而是因爲旋轉木馬。

「哎喲，又放煙火。我的小姐啊。」昆蟲館打工的女孩抱起坐在木馬上的「小姐」，拔腿衝出門口，

「看吧、看吧，鴿子都嚇得飛起來了。」女孩說著，不愼撞上「西服紳士」的腰。

「混蛋！」

「哎呀，對不起。」女孩紅著臉不時抬眼窺視對方，應該是見到脂粉沾到男人身上。只見她拿手帕輕輕撢過男人的外套，之後頭往旁一扭說：

「瞧，鴿子都飛到藥師堂的屋頂上了。鴿子頭上的毛可比姊姊我的髮型還摩登呢。」

「嘖，妳這小姑娘也太目中無人。」

她聽了扭過頭狠狠瞪著男人，最後還是轉身回去木馬小屋。這時樂隊的演奏聲再次揚起，木馬旋轉起來。

男人沒走開，看著招牌。

——天下獨一無二肚子長嘴的人。臉上的嘴只張口說話，肚子的嘴進食賺錢。

男人探頭窺視。旋轉木馬的中心柱是八面鏡，設計成蓮花形狀的鏡臺就是樂隊席。「少爺和小姐」騎乘的木馬與木頭小汽車，環繞鏡臺不停旋轉。樂手的上方有色紙做成的紅葉掛在枝頭。粉刷白漆的天花板上，青色紙做的芭蕉葉簌簌搖晃。

保母、老闆娘、太太、工匠、父親，有的坐在長椅，有的靠牆而立，人們一致擺出老實人的模樣，漠然盯著旋轉木馬；不僅如此，賣票口後方還站了約莫十人，包括建築工人、紳士、軍人、店員，甚至有大學生。

這時男人說：「這麼多人盯著。」順勢鑽入人群。

「被盯著的女孩」——她身穿黑底紅色井字圖案的銘仙和服，外罩墨綠色事務服，掛著寬背帶的皮袋，從對面繞過來，對騎白馬的「小姐」說：

「嘿嘿，那傢伙被我拐來了。」

然後撩起額前的碎髮，抬眼睨視男人，同時像要吹口哨般噘脣，毛氈草鞋的鞋尖打起了〈海軍進行曲〉的拍子。男人眨眨眼說：

「太瞧不起人了。」

她轉到正面，剃高的後頸髮線映在鏡中。

這個賣票女孩就是各位認識的弓子。那個在小巷彈鋼琴的女孩。

「少爺和小姐」坐的旋轉木馬，就是她展現美貌的華麗裝飾臺。她就像成衣店的假人模特兒，隨著木馬迴轉，讓男人得以從各種角度欣賞她的倩影。

在二樓，年僅六歲的「天才少女」三好屋福奴結束了相聲，

「說來也可提供醫學上的參考，當著各位眼前，就請各位一睹此人如何用肚子的嘴巴吃東西……」負責開場的主持人說著已站上舞臺。

「肚子有嘴巴的男人」生於北海道旭川，冬天下雪靠喝酒禦寒，最後甚至直接喝酒精，

因此患了食道狹窄症，遂於北海道醫科大學開刀，在肚子上開了口。

此人頂著腦袋周圍剃光的馬桶蓋髮型，戴圓框眼鏡，一襲柔道選手似的法蘭絨白衣，冷不防在所有人面前扯開白衣露出肚子。

舞臺下，男人的手藏在腰部，動起拇指向弓子打手勢。只見看鴿子的「小姐」從木馬跳下來，站到男人面前。

就是小巷裡的少女。

男人讀著她手上的紅色紙旗，上頭寫著：

——今晚，在隔壁三樓。

隔壁是水族館。二樓Casino Folies劇團正在演出。

九

「舉世罕見的怪人，肚子長嘴的男人」猛然拉開白衣前襟。但是各位，這麼寒酸的劇場，世上還找得到第二個嗎？舞臺邊只有三排長椅充當觀衆席，後方是空蕩蕩的木板房。從晚秋夕陽射入的窗口，可以看見樹梢。那是遙遠鄉下小屋的風景。更淒涼的是陳列在窗邊的蟬、甲蟲、蝴蝶、蜜蜂這些積滿灰塵的標本玻璃箱，頂著「昆蟲館」古老名號的小屋窗邊，讓人隱約窺見明治或大正時代的淺草風情。

「對，很遺憾，醫生在肚子開出來的口並沒有牙齒。換句話說，那就像鳥類的喙。」正如主持人所言，白衣男子解開纏在那嘴上的布條，一個貌似煙管的物體插在肚皮上。煙管的口上插了一只玻璃漏斗，從漏斗倒入牛奶和嚼碎的麵包。

「即便淪爲如此可悲的模樣，似乎還是忘不了酒的滋味，不時就像這樣灌上一合[13]。臉上的嘴嚐味道，肚子的嘴飲酌，每每黃湯下肚，言行有時也會因心情愉快而稍有脫序。您瞧他害羞了，總之得以愉快地靠肚子的嘴度日，怎能不教人驚嘆醫學的發達。」

——思君心切，燈火闌珊，

胭脂紅帶，漸寬亦寂寥……[14]

這時，底下的樂隊演奏完畢，「少爺和小姐」坐的木馬停止旋轉。

13／一合約一百八十毫升。

14／思君曲（君恋し），昭和初期在淺草電器館表演的名歌手二村定一的代表作。

男人讀了塞到胸前的紅旗上的字，吃驚地望向弓子。

她背對著正在補妝，卻從鏡中目不轉睛地窺探他。

換了一批孩童坐木馬，樂隊接著演奏。弓子穿梭在木馬間四處賣票，對白圍裙的女服務生說：

「我從今天起就要和木馬告別了。」

「妳別嚇唬我。」

「我終於遇上要找的仇家。但願眞是這樣就好。」

木馬像蹺蹺板一樣搖晃，然後旋轉。

拿紅旗的「小姐」消失了。

按照旗上留言的約定，當晚男人在水族館三樓等了兩個小時。

打從剛才身旁就有個辮子姑娘低頭吃吃笑著，還朝他笑彎了腰，伸出一手推他。

「你這人還眞呆。」

「什麼？」他不禁拔高嗓門。

「啊，搞什麼，妳居然梳了辮子赴約。要戲弄人也該看看對象是誰。」

「短髮太惹眼了。你覺得我短髮比較好嗎？」
「這辮子是假髮？」
「我隨時可以摘下。你別那麼大聲，門口還有條子。」
「算了。不如去向島那邊，聽聽時代變遷的淺草故事吧。」
「可是——」
「不然妳有別的好去處？」
「不能去向島。我是被一路追蹤過來的，陸上已無路可走。」
「陸上？妳太誇張了吧。」
「去船上不行嗎？」
「哦？原來妳有這種癖好。」
「但我有點害怕。」
「妳打從白天就一直耍我，事到如今有什麼好怕的。」
「我不是怕你。我向來以半個男人自居，根本不怕男人。可是我姊姊愛上一個男人之後發了狂，身爲她妹妹……」

水族館

十

「淺草，是東京的心臟……」

「淺草，是人性的市場……」

這是添田啞蟬坊 15 說的話。

「淺草是眾人的淺草。在淺草，萬物被活生生丟了出來。人性的欲望赤裸裸舞動，混合各種階級與人種匯聚成一股洪流，不分黑夜白天永無止境，是深不可測的洪流。淺草是活的。大眾時時刻刻前進。屬於大眾的淺草成了隨時熔解一切老舊事物、重鑄風貌的鑄造場。」

而水族館在這個「鑄造場」中，也不斷被重鑄成最「新潮的型態」。

昆蟲館與水族館猶如懷古的紀念品，就此遺留在公園第四區。Casino Folies劇團的舞群

15／添田啞蟬坊（一八七二～一九四四），活躍於明治、大正時代的演歌手，日本近代流行歌始祖。

經過水族館魚群游動的前方，橫過龍宮城的模型旁，正要進入後臺休息室。巴黎歸來的畫家藤田嗣治帶著巴黎女郎雪子夫人，前來看表演。

若說「和洋爵士合奏」這種大雜燴表演代表了一九二九年的淺草，標榜東京唯一舶來「摩登」歌舞表演的Casino Folies劇團，或許和地下鐵食堂的尖塔一樣，屬於一九三〇年的淺草。

Eroticism、Nonsense、Speed、時事漫畫風格的幽默、爵士樂、女人的美腿——

但在三樓的觀眾席，弓子和男人的對話卻不可讓人聽聞。

「什麼嘛，由於舊時代思維而想不開的姊姊相思成狂，所以妹妹引以爲戒，成了新時代的不良少女嗎？」

「我看起來像那種少女嗎？」

「別裝模作樣了，以前那些在公園混的女人可是更沒耐性。」

「我想也是。我也想變成那種女人，盡情去愛男人，而要是真能盡情去愛，這世間不知會變得多麼愉快。你仔細看著我應該會知道，我不是女人。目睹我姊姊的悲劇，我從小就打定主意絕不當女人。誰知道男人這麼沒用，於是誰也不再當我是女人了。」

——不就是如此嗎，道頓堀啊。

霓虹燈街頭，徹夜的麻雀……

地下室的Casino Folies劇團直營餐廳，擴音留聲機正放著「浪花小調」歌聲，比現場演奏的爵士樂更爲吵嚷。

舞臺正演出「拐杖男孩」的第四幕，「新宿車站月臺」這一場。

「喂，這裡的女演員一向沒穿襪子呢。連襪子都買不起嗎？還是覺得穿了襪子就像在做不正經的勾當？」

「你怎能驟下定論，難不成你以前是不良少年？這裡的舞孃都是十四、五歲的孩子，最大也不過二十歲。不信你瞧她們離開時的樣子。要真是墮落的女孩，誰會穿皺巴巴的廉價衣服走進破舊的紅豆湯圓店；還有，她們看似沒穿襪子，其實是穿了透明絲襪，故意露出雙腿，手腳也沒塗白粉。天氣一熱，還看得見蚊子叮咬的紅腫痕跡呢。」

之後弓子突然畏寒似地縮起肩，從膝頭撿起白色緹花緞面圍巾，將白皙的臉頰埋進圍巾裡壓低嗓門：

「我和男人在一起時，總是在估算自己。我想當女人的心和害怕當女人的心，放在天秤的兩頭衡量。但這麼做只會讓心情更鬱悶，也更寂寞。」

「哼，這年頭連調情都要裝模作樣一番，又這麼不乾脆啊。方才舞臺上不是說了『我要去有食物和享樂的世界』，還有，『要唯物論地愛我喔』這種話嗎……」

十一

一，爵士舞「提提娜」（Titina）；二，雜技式探戈（acrobatic tango）；三，荒謬速寫劇（nonsense sketch）「那孩子，那孩子」；四，舞蹈「鴿子」（La Paloma）；五，喜劇音樂……這是十一幕的綜藝節目，是的，節日緊湊得只能讓舞孃們直接在舞臺側邊袒胸露乳更衣。

還有，第六，爵士舞「銀座」。

……………

走在腰帶寬的路上
水手褲和彎彎細眉
少年式短髮真開心
一邊揮舞蛇木手杖

斜戴禮帽，黑色天鵝絨背心，紅色蝴蝶結領帶，雪白開領，腋下夾著細長拐杖——這當然是女演員的男裝打扮，但是光著腳丫，和穿短裙不穿襪的女孩們手挽手，合唱「當世銀座歌謠」，彷彿在銀座散步般翩然舞動。

這時，黑暗中倏而響起「深川卡波雷[16]歌謠」。隨著兩個身穿水藍色日式大褂的年輕人瀟灑舞動，編起的髮辮也跟著搖擺。

「哼，這玩意連舊時代的我也看不懂。」男人頭一次注意到舞臺上的表演。

「那矮的跳得相當不錯嘛。」

「那是當然，據說人家的祖母可是舞蹈大師。」

觀眾頻頻呼喚「阿龍」或「花島」高聲喝采。

「挺受歡迎的嘛。阿龍是哪一個？」

16／ 卡波雷（かっぽれ），配合通俗歌曲跳的滑稽舞蹈，又稱活惚舞。

「梅園龍子是比較嬌小的那個。但要是你聽聞她才十五歲，肯定會有點失望吧。」弓子忽然深深低下頭，臉埋進白圍巾。

「卡波雷這種舞蹈——不行啊，會讓我這種老街長大的女人想起很多小時候的事。況且梳辮子跳舞太奸詐了，男人看了會被吸引，女人看了會異樣悲傷……」

「所以妳才戴辮子假髮來？」

「辮子最好，就算是假髮也看不出來。而且，如果見到的不是你這種人，而是更老實的人，我就可以澈底化身爲辮子小姑娘喔。但那也得看個人喜好就是了。話說回來，你看了這裡的表演，不會想起日本館或金龍館嗎？大明星河合澄子從舞臺灑下名片，中學生從日本館列隊被警方拽走——那可是淺草歌劇盛極一時的景況呢。」

「什麼？妳該不會看不起我，以爲我是那種歌劇追星族吧？」男人顯然很驚訝。

「我哪裡會知道這些事，當年我才剛上小學，而且都是十年前的事了。離我姊姊發瘋之後也過了五、六年……她的戀人是淺草人，我爲了見那個人，才會混跡公園。」

「哼，要是讓妳見到了，妳打算替姊姊報仇？」

「正好相反。可憐的姊姊。我肯定會愛上那個人。能夠讓姊姊愛得發瘋的人，我也想愛上他而發瘋。當然，一想到姊姊，我還是會很不甘心。我決心一輩子都不要當女人。可仔細想想，在姊姊發瘋之前，年幼懵懂的我不知多麼羨慕她的戀情，我甚至還將自己當成姊姊，私下練習談戀愛呢。所以，就算下場再怎麼悲慘，我也想見那個人一面。」

「妳不是說要去船上嗎？怎麼只顧著聊起妳姊姊不相干的奇怪話題……」

「誰說不相干。我們去船上聊更奇怪的話題吧。讓我想想，再過四、五天，就約下星期二吧。」弓子將紙條遞給男人。

「按照背後的地圖就可以找到船。三點喔。」

不久，她趁男人不注意悄悄從水族館消失了。

十二

「第九十八籤，凶。嗯，『欲理新絲亂，閑愁足是非。只困羅網裡，相見幾人悲。』觀音寺的籤詩還眞風雅。」

籤詩背面是鉛筆畫的地圖。舞臺上正演到最後一幕。

——（某某）摩登男孩

（某某）摩登女孩

眾人合唱不斷重複副歌的「摩登小調」，全體上場跳舞。謝幕結束。

可弓子不見蹤影。男人始終坐著，直到觀眾散去。人變少後，這裡的牆壁、椅子、地板沁染出一股氣味，乞丐的氣味，逐漸飄散開來。各位，這不是比喻。即便是歌舞團剛出現時，水族館也的確出現了乞丐和流浪漢觀眾。乞丐與流浪漢觀賞著扮相時髦的裸體舞蹈——這般怪異的風俗場景也是淺草的一面；現場也可見到零星的學生和常光臨銀座的人們。

不過，各位迄今想必仍會看到滿臉塵汙和鬍鬚，衣衫襤褸，每晚定定站在門口左邊柱子後方，環抱雙臂目不轉睛地看著爵士舞這種來歷不明的男人。

門口三、五人甘冒寒風等著舞孃下班走出來。男人右手抓著籤詩，忿然啐了一聲轉身。紅旗林立的入口，豎立人魚浮雕，人魚上方以石膏雕刻的魚兒恬然悠游。

「我這張臉要在淺草丟光了。居然被小丫頭看扁，連地圖都準備好了，鋪陳過頭了吧。」

眞是的，去那個河岸根本不需要地圖。要是將弓子給他的地圖轉換爲文字，就是簡單一句話：從淺草寺東出口的二天門，沿二天門街朝大河直走到底就行了。

越過電車道，河邊是山之宿町，河岸的公園在施工，左邊是言問橋，右邊正在架設東武鐵道的鐵橋，岸邊停泊二、三十艘小船。那艘紅丸號，在船尾以紅字寫著「紅丸」。其實不必這樣嘮叨敍述，從二天門就看得見河岸了。地圖背面的籤詩上寫著：「等候者不至」。

所以男人故意在星期二約定的三點過後才姍姍來到河岸。忽然間，他驚訝地閃身躲到樹影下。船的確有二、三十艘，然而其中一艘的桅杆上居然晾著一雙女人的黑絲襪。遠比別艘船上晾曬的衣物顯眼，這暗示也太大膽了。

男人憑著幾度冒著生命危險的敏銳直覺，瞬即判定是危險信號。

「好！既然要誘我去水上也行。」男人刮得乾淨的臉頰露出笑容，踩著石板走向公園塡海工地。一個戴釣鐘帽的年輕男子走近。

「先生，您是爲觀音寺的籤詩而來？」

「你是誰？」

「人在紅丸恭候大駕。」

「你不是船夫吧？」男人說著，掏出五圓鈔票。看對方怎麼應對這筆錢，便可窺知其盤算。「錢不多，算是酬謝你的辛苦。」

「謝謝，但我收過船資了。這邊請。」年輕男子說著，從水泥岸壁搭了一條細長木板通往紅丸。男人走過木板。

男人看到的是，趴在狹小船艙中被褥上呼呼大睡的弓子。

短髮凌亂，她的額頭顯得更加稚氣。睫毛與嘴脣格外鮮明，彷彿各自擁有生命。鮮紅的迷你裙。沒穿襪子。兩條光溜溜的腿緊貼著，猶如粉紅色貝殼工藝品的腳底朝天。小炭爐的炭火從腳底往上隱約照亮她的睡姿。

銀貓梅哥兒

十三

就在紅丸號離開山之宿的河岸之際。

「每年慣例的社會鍋[17]，請讓窮人新年也有年糕可吃！」救世軍的女士官這番吶喊讓我轉過頭，驚訝地駐足。這是雷門派出所旁。仲見世的入口。派出所簷下立著一棵銀杏樹，後方是公用電話、郵筒和社會鍋，旁邊還有「善鏡」，與鏡子並排的是布告欄。

我看了布告欄上唯一的公告。

——花川戶集合。紅座。

我的笑臉映在「善鏡」上。布告欄邊緣以油漆寫著「象潟警局」、「大家的布告欄」、「在鄉軍人淺草分會」等字眼。

兜售月曆的孩童在我身邊鬧哄哄圍成一圈。

17／ 社會鍋是救世軍在年底爲援助貧困者舉辦的募款活動，會在街頭設置鐵鍋供路人放入捐款。

「派出所旁，加上仲見世的人潮，這麼明目張膽，反而不會引起疑心。果然還在玩這種心理遊戲。」我嘀咕著，決定也去花川戶。

江戶時代與助六之名有淵源的花川戶[18]——諸位，我雖非紅團成員，但我知道「花川戶」正是團員的暗語，意指「地下鐵食堂」。這是因為昭和四年秋天興建時被取名為「花川戶大樓」。

古老的十二層塔樓因地震崩塌。地下鐵食堂只有它的一半共六層樓，高四十公尺，是淺草唯一附電梯的觀景塔。

從觀景塔望下去，想當然耳，應該看得到弓子等人搭乘的紅丸號。但船夫的臉色並非號誌燈，自然難以看得分明。我之所以這麼說，是因為朝言問橋上行的紅丸號上，船夫此刻的臉色異常蒼白。是男人讓弓子溫順接納了他嗎？船夫很嫉妒。正如男人上船前那句話「你不是船夫吧」，他的確不是船夫。他進過川越少年看守所兩、三次，典型的不良少年出身。

這個梅吉不是淪落到紅團，而是被紅團收留後才從長年的噩夢醒來。

就以一個盤據淺草的犯罪少年範本，在此向各位公開梅吉的懺悔錄吧。先來看看他的戀愛史。

其一，梅吉六歲那年，遭到四十幾歲的女人玩弄。

18／花戶川助六，江戶時代前期的俠客，住在淺草的花戶川町（現在的台東區花戶川一、二丁目），據說極有男子氣概，是否真有其人不得而知。

其二，十三歲那年，他在學校前的文具店門口玩耍時，和比他大一歲的少女交好。少女是上班族的女兒。少女邀請他去家中，當時家中無人，兩人在過程中都沒發抖。後來他又去了少女家三、四次。之後傳出流言蜚語，少女一家遂遷至遠處。

其三，十四歲時。他在點心店門前的涼臺上邂逅小雜貨店的女兒，兩人去上野公園、廟會、小餐館約會超過二十次。

其四，十五歲時，在淺草公園的電影院，他旁邊坐了兩個女孩，他和其中一人在別的劇場私會，隨後被帶去有兩個玻璃拉門入口的大房子。

其五，同一年，他去了更大的房子。梅吉裝睡時，女人白皙的小手從他錢包裡拿出一枚五十錢銅板，放進壁柱上掛的小花籃。趁女人離開時，梅吉檢查那個花籃，裡面都是五十錢銅板，總計八圓五十錢。他統統拿走了。

其六，同一年，在淺草，一個十七、八歲的女孩帶著十二、三歲的妹妹看戲，妹妹眼見一旁的梅吉對姊姊做出的舉止，就拽著姊姊走了。他尾隨其後，發現兩人是租書店的女兒，從此常去借小說，邀那家的姊姊出去六、七次。後來女孩的母親禁止女兒外出。

其七，同一年，他和淺草一家中餐館的女服務生到處遊玩四個月，爲了籌錢玩樂，成了軟派[19]大哥的「小弟」。

19／明治時代以後「硬派」的反義詞。指沒有強硬意見、主張的人，或注重穿著打扮的花花公子。

其八，同一年，他從房子有兩個入口的那戶人家的獨生女身上前前後後捲走一百五十圓。女孩是心甘情願來找他的。她父親是賽馬大亨，梅吉知道她家經常有大筆收入。

十四

梅吉的戀愛史，從十五歲起犯罪色彩日漸濃厚。我姑且在這裡大膽揭發，打破諸位擁有溫暖被窩的美夢吧。

擁有溫暖被窩可睡的諸位，說到「螳螂小子」，那可是一身淺草小癟三（無家可歸的少年）的好本領，但他似乎沒摺過蓋被，也沒收拾過墊被。要是命他收拾被褥，他會將蓋被和墊被一股腦捲成一團。因爲他根本沒用過那種東西。

但是螳螂小子可不是賣菜阿七[20]那種笨蛋。他很了解少年刑法[21]。雖被抓去警局二十餘次，也曾被流放硫磺島，但他在檢察官面前說得斬釘截鐵：

「我在十五歲之前不會停止犯罪。」

20／江戶時代前期住在江戶本鄉駒込的菜販之女，只爲了見情郎一面而縱火，隨後被處以火刑。

21／作者注：現行少年法以前的法律。

他果然信守承諾。十五歲那年被送去島上後，他認真工作，據說還給在淺草照顧過他的監護人寄了一袋猶如美麗米粒的貝殼。

此外，各位不妨抓著淺草的年幼小癟三問問看：「你的父母在做什麼？」意外的答案說不定會讓諸位大吃一驚。

「我還沒有父母。」

「還沒有？」

「對，我的同伴信哥兒前不久有了爸爸，可我還小，所以還沒有。」

然而就算有了父母、有了溫暖被窩，諸位也須明白，孩子的教育與監督在這年代已成了一種奢侈。

諸位皆知，淺草的流浪漢靠著向餐館乞討剩菜剩飯維生；但諸位可知，市井小民和勞工會找上流浪漢，以一碗兩、三錢的價格買下他們討來的食物——也就是剩菜的剩菜。在這種社會氛圍下，光是警視廳管轄下就有四、五萬名犯罪少年又談何稀奇可言。

他們之中，不知多少人做過小廝、店員、學徒、服務生、童工等雜役。

比方說，諸位不妨去淺草公園偷聽那些保母們的對話三十分鐘就好。

「如此說來，今天的日本算什麼呢？現在的東京市又是怎麼一回事？當今日本社會，整個東京市，不就是個不良老年嗎？這些不良老年之中，唯獨淺草公園是不良少年。即便都是不良，少年至少懂得敬愛、有朝氣，尋求進步。」谷崎潤一郎先生如是說。

而根據《朝日新聞》報導，昭和四年除夕夜十一點五十分起，JOAK（東京廣播電臺）在淺草觀音寺內架設了兩支麥克風，向諸位播放參拜者的腳步聲、鈴聲、香油錢聲、拍手聲、一百零八下鐘聲、雞鳴聲等等，傳達除夕夜的氣氛。

我也很想將紅團成員集合在麥克風前，讓他們大喊「一九三〇年萬歲」。撇開此不談，景氣跌落谷底的這年，除夕氣氛果然也是身為「東京的心臟」的淺草最具代表性，所以才能聽到這場廣播。

聽聞淺草的一些酒館內淨是乞丐。他們將赤裸的女孩放在桌上，然後繞著轉直到喝得爛醉。

還有，駒形橋附近的房子裡會舉辦「清元[22]成果發表會」，聚集的都是可疑的皮條客。十六、七歲的女孩在席間露面，說了聲「請多關照」、也沒彈奏三弦，乾了酒之後就散會。

下雨的夜晚，本所一帶小旅社的人會撐著大型油紙傘，專找劇場簷下或寺院土牆邊的流浪漢拉客。不良少年會躲躲藏藏跟蹤走進幽會茶室的女藝人。

但是，淺草的可怕不在這種地方或丑時三刻[23]的奧山[24]。倘若秋冬時節，是在吉原

22／江戶淨琉璃的一派，一種三弦琴音樂，主要用於歌舞伎及歌舞伎舞蹈的伴奏音樂。

23／凌晨兩點至兩點半，日本認為這是鬼魂現身的不吉時段。

24／淺草觀音堂後方的俗稱。

花街的酉市25或淺草觀音寺的歲市26、除夕——在人潮擠得水洩不通的漩渦中。梅吉或許也是身不由己被捲入漩渦，終於淪落爲人們口中的「銀貓梅哥兒」。

十五

梅吉從來不提他的父母，八成是私生子或孤兒吧。再不然，就是父母的不堪讓他覺得沒有這種父母反而比較好。

十三歲時，他去下谷龍泉寺町的洋傘店當小廝。那是樋口一葉女士曾在〈比身高〉（たけくらべ）這則短篇小說描寫的地區。傘店的老闆娘抱病多年，鎮日躺在床上。他討厭看她枯瘦蒼白的病容，再加上那家的小孩多達七人，將他使喚得疲於奔命。梅吉只待三天就跑了。

接著他去神田的酒鋪當雜役。（十四歲時，他交的第二任女友是雜貨行女兒這件事前面已提過。）爲了那女孩，他偷了店裡的錢後被趕出酒鋪。

25／每年十一月的酉日在各神社寺院舉行的祭典，祈求開運招福及生意興隆。

26／每年十二月下旬在神社寺院門前或境內舉辦的祭典市集，販賣年貨及過年用品。

他在淺草公園閒逛，被報童搭訕，因此入夥。不到三個月就和報童老大起了衝突，又被趕走了。

接著他被淺草公園的乞丐收留，在駒形河岸的大垃圾場——他們戲稱爲「吾妻大飯店」住了三晚後，以本所、深川爲起點，一路流浪到千葉縣一帶。

梅吉總說：「這半年幾近乞丐的生活，是我一生中最清白快樂的時光。」

之後他又回到淺草，成了在大路上賣戒指的印度人的「托兒」（僞裝成買戒指的客人）。他像小女人一樣受到寵愛，最後還是鬧翻了。

「醜八怪！要疼愛日本人，先換過膚色再來吧！」他大罵，和印度人分道揚鑣。

見他在淺草車站坐著發愣，一個看似親切的老先生帶他回家。老先生是出了名的捕貓人，不久後被警察抓走。於是梅吉被別的捕貓人收留，成了徘徊街頭的捕貓學徒。

一發現貓，他就扔出以繩子綁好的麻雀。見麻雀拍翅掙扎，貓飛撲而來，他就慢慢拉回繩子，引誘貓過來。趁機迅速抓貓的手法，全在微妙的呼吸之間。

抓到貓後立刻撲殺，在公園暗處或河岸的陰影剝下貓皮。貓皮藏在衣服底下纏在腰間，高價賣給三弦琴屋做琴皮。

他們沒有家，兩人四處投宿廉價旅社。

就在這時，梅吉加入淺草的不良少年團體。這年他虛歲十五。

不久兩個捕貓人遭吉原的日本堤分局逮捕。但梅吉還小，幾乎未受責罰。

他又在淺草出沒。但他覺得警察暫時應該記住他了，於是加入冒牌孤兒院的推銷團夥，冒充孤兒四處推銷文具，認識了賣藥的學生。賣藥似乎更賺錢，於是他搖身一變成了窮苦的賣藥學生，不僅賺來大把鈔票，而且穿上這身中學生的制服衣帽後，泡妞簡直方便多了。

連他的綽號也在不知不覺間從「捕貓梅哥兒」升級爲「銀貓梅哥兒」。

如今梅吉已是弓子的紅團成員，來到足可假冒大學生的年紀，但他其實早脫離不務正業時期，成了理髮師的學徒。就是明哥兒的姊姊，那個「搔首弄姿的瘋女人」當時化妝的理髮店。是弓子安排他進去的。

爲此——

「握手，碰觸，搭訕，看表演，東西掉嘍，全力追求，喊寶貝，做傻事，絆倒，送，問，傲，纏，追，道謝，丟毛巾——」諸如此類，他們慣用的種種「泡妞技巧」，此刻梅吉正打算全數發揮在一個女孩身上。

地點是在表演安來民謠的玉木座劇場。女孩泰然自若。

可是到了壓軸節目「銀座小調」——和洋爵士合奏，有八人伴舞。

——銀座、銀座，我愛的銀座……

歌聲一響起，女孩便咬脣低頭。定睛一看，她已淚溼雙睫。

「太好了，居然如此清純。」梅吉想輕輕摟住她的肩。

十六

女孩倏然起身，對梅吉正眼也不瞧，就此離開劇場。

然而依據高手梅吉的計算，她早已成爲自己的囊中物。他穿戴徽章模糊的假學生帽與寬褲僞裝成大學生。

想要情人時——據說大溪地的女孩會在右耳插上一朵白花。但在淺草，是的，雖然不是那麼遙遠的南洋島嶼，插在髮上的人造玫瑰也可體現出女孩的脆弱；同樣一朵紅玫瑰，有時也是不良少女的標誌。

當然，往昔淺草公園也有所謂的硬派「義團」時代，各位家中的子弟如傲氣地斜戴帽子走在路上，說不定會被叫住：「喂，站住。」

搞不好還會被勒索：「你是誰的小弟？」此處的「小弟」是「手下」之意。

可是眼前這個女孩，薄毛呢衣服顯得破舊，腰帶髒汙，只有人造絲做的輔助腰帶是新的，而且綁在高腰處紅紅的一大片。比起來，臉上的濃妝看起來反而更顯可悲，足見她內心的空虛。梅吉只要抓住這個弱點乘虛而入即可。

於是，他從口袋掏出女用手帕，追上女孩後態度親密地說：

「這是妳掉的吧？」

「哦，謝謝。」

「妳剛才在玉木座坐我旁邊吧？」

女孩將手帕揉成一團塞進袖子，逕自匆匆邁步。梅吉似乎有點驚訝。

「妳在玉木座時感動得熱淚盈眶吧？我看到了。是不是有什麼傷心事？想必是走出來擦眼淚時不慎掉了手帕。手帕好像稍微被淚水沾溼了。」

「你是爲了聽我傾訴傷心事而來的嗎？眞好心。」

「呃。」

「看來我搶先說破你的企圖了。」

「喂，妳在說什麼？」

「想討回手帕嗎？我收著也無妨吧，反正像這種東西你口袋裡應該還有三、四條備用？你還是去找更好騙的女孩下手吧。」

「哈哈哈哈，看來我是有眼不識泰山。但這反倒更有趣了。總之手帕好歹可以留著擦眼淚。」

「是呀。」女孩說著取出手帕，作勢揉眼，

「那首銀座小調，我聽著就會莫名掉眼淚。」

「妳也有所謂的銀座病？」

「在玉木座，無論是安來民謠、小原民謠或是相聲，觀衆總是一副要藝伎來包廂坐檯般，起鬨著打拍子叫好。簡直就是工匠和土木工人的狂歡。相較之下，一唱起『銀座、銀座，我愛的銀座』這種爵士樂，全場霎時鴉雀無聲，彷彿貴人面前的乞丐畢恭畢敬。銀座到底有什麼了不起？玉木座的觀衆和銀座有何淵源？其中很多人想必從未見識過銀座。就像很多銀座的千金小姐壓根不認識淺草是同樣的道理。想到這點我忽然就很不甘心。」

「這樣啊，看來妳受到了信奉特定主義人士的影響。」

「你是『銀貓』吧？」

「原來如此。我也是老糊塗了，居然看走眼。妳戴的是假髮吧，衣服也全是租來的嗎？我來釣魚居然反而上了鉤。」

「我要去歸還借來的衣物，你要陪我去嗎？明白我的底細之後，還打從心底想誘惑我嗎？」

「如果妳的確是女人的話。」

「那就得由你來確認了。」

十七

玉木座的女孩原來是弓子僞裝的。

日本人難道沒有變裝的嗜好嗎？猶記鎌倉的海濱飯店舉辦化妝舞會時，我也沒看到任何變裝的日本人。

但是新潮的銀座有出租成衣店，也就是變裝道具店——這點我曾開玩笑地寫過。可仔細想想，銀座光是化妝就夠了，畢竟沒那麼多需要變裝的幽暗巷弄。

變裝似乎終究屬於淺草。無需放亮招子刻意搜索，就能輕易發現變裝者。附近徘徊著許多女扮男裝的遊民，那種人還能一笑置之。可是滿臉濃妝戴日本髮髻的頭套、一身紅色女裝的男人，領著男人消失在觀音寺後的暗巷，這情景彷彿看見怪異的蜥蜴，令人悚然。

不是在那種暗巷也有。就在淺草鬧區中央，屋頂上掛著鮮紅字體的霓虹廣告燈正大光明地閃耀，是氣派的租衣店兼變裝店。和一般租衣店不同之處，就是這種店也和戲院或劇場的後臺休息室做生意，因此從假髮到手槍各種道具應有盡有。

按照弓子的說法，「我幾乎就是租衣店的推銷員，還得繳納押金和租金，上哪去找像我這麼好的活動廣告。相對地，紅團成員要潛入吉良大宅27時，租衣店會替我們備妥全身行頭。只可惜昭和時代的天野屋利兵衛28有點貪婪，眞是傷腦筋。」

有機會我再向諸位介紹這種變裝道具店，還有會光顧這種店家的人們。

撇開那不提，總之被弓子的僞裝釣上鉤的梅吉，在她的介紹下，終於有了比較正經的工作。但即便要選擇職業，變裝的魅力似乎已對他造成很大的影響。

他起先說：「我可以當外科醫生。」

「哦，你想開刀？不愧是銀貓，忘不了剝貓皮的滋味，想將人當成貓一樣料理，對吧？」

27／ 吉良大宅指的是位於東京都墨田區兩國的吉良義央宅邸，也是元祿時代赤穗浪士復仇潛入宅中殺死義央的「赤穗事件」現場。此處爲借喻。

28／ 江戶時代的大阪商人。在以赤穗事件爲題材的忠臣藏故事中，利兵衛是協助赤穗浪士潛入吉良大宅的義商，但真實歷史中的利兵衛和赤穗浪士毫無關係。

「在肚皮畫下一刀，然後將沾著血液依舊溫熱的皮剝掉，那時的心情眞是難以形容。不過嘛，要是做不了切開人類肚皮的工作，那就只能去餐館當廚師或是當理髮師。」

就這樣，梅吉去理髮店做了學徒。

外科醫師、廚師、理髮師，這三種職業皆予人共通之感，首先是閃爍著白光的金屬器具，尤其是銳利的刀子。

像他這樣雖在社會底層浮沉，卻未澈底淪落爲「小混混」或「乞丐」之人，之所以無法沉睡於淺草垃圾箱這般「又一虛無天地」，可以說都是出於對「利刃的氣息」仍有眷戀。那感覺賦予他生活中一股清爽之氣。

其次是白袍。附近的廚師和理髮師會直接穿工作的白袍去淺草公園。一身雪白裝扮不僅在人潮中惹眼，也不出意料地像利刃般吸引都市世故的女孩。梅吉深諳此道。

於是他成了理髮師，他拿起剃刀爲弓子刮後頸的同時，也愛上了猶如利刃的弓子。他從弓子身上感受到利刃的氣息。

所以他才會答應她的請求，在紅丸號操槳，載著她和看似花花公子的男人。

利刃易折。在冬日陰霾的大河上，梅吉留意著弓子的動靜，臉頰逐漸褪去了血色——

飛行船與十二層高樓

十八

粉紅色貝殼工藝品般的腳底板染上炭爐的火光——那是男人走進船艙時，弓子烤著腳熟睡的模樣。

男人上船前將晾曬的黑絲襪解讀爲危險信號，這時當然略顯錯愕。況且艙內只有弓子一人。

狹小的船艙裡無處躲藏。

「果然是妓女嗎？」男人不禁失笑，但那裸足過於纖細美麗，就像少年般潔淨。

男人穿暗褐色窄袖日式外套搭配同樣布料的鴨舌帽。他的頭撞到木板船頂，但他沒坐下，袖手凝視著弓子的腿。

適應船艙的陰暗後，視野豁然開朗。

弓子的裸足畏寒似地將小腿交纏，小趾重疊，膝蓋後側兩個凹陷的膝窩並排靠攏。

「眞是的，簡直像個孩子。」男人心想她那雙腿忽縮忽伸的模樣太可愛。然而大紅裙子撩起，露出吊襪帶，那部位渾圓結實。

船夫梅吉倏然抽回跳板放到船頂的聲響傳來，船身同時劇烈搖晃了一下。男人踉蹌倒向船腹。弓子抬起頭。

「哎呀，對不起，我好像眞的睡著了。」

她曲起雙腿縮成一團，頻頻將短裙向下扯——明知遮不住膝蓋，還故意扯給男人看嗎？接著，她背對男人深深垂首。

「我等你等得好心慌啊。天一黑，河上的船就少了很多，無法慢吞吞待著等人。啊，幫我關上那扇窗。我家的船夫可是會吃醋的呢。」

男人將船艙看似天窗的出入口關上，頓時變得一片漆黑的封閉空間。男人撲向弓子要抱住她。但她已不在原位，撲空的男人倒在被褥上。

「我找到油燈了。不過，我只和你約好在船上等，可沒約好要在船上醒來。是我不該睡著嗎？可我眞的很睏。昨晚有點忙，根本無暇睡覺，化妝品也丟了，上船時腳還滑倒沾溼了襪子……」

破舊的矮桌上亮起煤油燈，這時她已穿起了純白外套，雙手如大家閨秀般乖巧併攏。

「這裡沒有酒呢。」

「接下來要去哪？」

「河上。」

「總之，我不太喜歡猜謎語，妳還是直接挑明說了吧。可以讓我玩就直說，想要我幫忙也直說。」

「這不是擺在眼前的事實嗎？我想試試看能不能愛上你。」

「別耍人了。」

「爲何不信？你已經愛上我了。所以如果我能愛上你，那不是很好嗎？你要努力讓我愛上你。」

「妳啊，要是對我有敵意，就像個男人一樣爽快說出來。」

「如果我是男的就會說。我對你的敵意可大了。但我畢竟是女人，所以還是怕你，懂嗎？」弓子瞪著大眼睛，死盯著男人的臉。這時發動機船接近的聲響傳來，她倏然垂落眼簾，肩膀微微顫抖。

「我啊，老早之前就認識你了喔。」

十九

弓子垂落眼簾——光是這樣形容不出那種感覺。她眼睛眨得飛快，旁人就像能聽見聲音一般，又能清楚看見掀動的睫毛。這是因爲她眼睛瞪得很大、睫毛又濃密的緣故。而且她眼白泛青，以至於眼皮的起落就像扇子般煽起對方的情慾。

「我啊，老早之前就認識你了喔。」她重述一次。

男人起身走過去，二話不說驀然抱起弓子。她坐在男人膝上，裸足朝炭爐伸去，然後像孩子一樣一邊理平白色外套的下襬一邊說：

「沒錯，就是這樣。你抱女人的方式都沒變呢。我想要你回憶起一些事。那是在新製飛行船連續二十四小時在東京上空飛行當晚，飛行船上亮起紅藍兩色的燈泡——從地面只能看見燈泡那麼小的光源。當時天空彷彿要下雨般一片漆黑，飛行船越過大河後，藍燈便如星辰墜落倏然消失了。猶在驚嘆之際，紅燈也沒入烏雲。倘若是東京人，想必還記得那燈光。那天晚上，在巨大水泥建築屋頂的觀景塔上，你是不是也像這樣抱著一個女人？」

「我對妳的精湛演技實在瞠目結舌。這次，又是哪個童話故事裡公主的自言自語嗎？」

「童話故事？是啊，那時我才小學五年級，就躲在塔下渾身哆嗦地看著你們。而現在，你就像對待當時那女人一樣抱著我，難不成這表示我不如童話故事裡的公主那般高貴？我可是求之不得。」

「既然妳說曾經羨慕地看著我對待別的女人，不妨乾脆好好回想一下吧。」

「好啊，那麼你會像那樣對待我嗎？當時你的左手放在她下顎讓她抬起頭……」弓子猛然轉頭，冷冰冰的眼神近距離仰望男人，

「還是算了吧，萬一我也像那女人一樣發瘋了多沒意思。你想起那棟水泥建築了嗎？」

他們頭上傳來梅吉的腳步聲。

貨船的船夫房間多半位於船頭，但紅丸號是在船尾。

梅吉步伐凌亂地在船艙頂上來回走動，生疏地伸出手划槳。——弓子和男人都在煤油燈的光影中。

「就在象潟警局對面。記得嗎？富士尋常小學校。」

「哦。」男人像是被逼出了回應。

「你看，不是童話故事了吧。但站在那間學校的立場，的確就像一齣虛構的故事。這棟鋼筋水泥的三層樓房一蓋好，九月一日早上才讓學童進去過一次，緊接著就遇上那場大地震

引發的大火。淺草後面沒被燒燬的只剩下那棟建築，所以我們這些受災者只得暫時在那落腳。喏，那要是叫做童話故事，從學校屋頂目睹十二層塔樓爆破時，你多半也開心得像個小孩吧？記得嗎？工兵隊的喇叭響亮地傳來……」

「唔，如此說來，妳難道是千代的妹妹？」

「什麼難道不難道，你還想裝傻到什麼時候？」

二十

舊淺草的標記——十二層塔樓，在大正十二年的地震攔腰折斷。

當時我還是寄宿本鄉的學生。我從以前就喜歡淺草，十一點五十八分地震後，不到兩小時，我便和另一個朋友聯袂去淺草觀察災情。

住在上野山區的人們傳言：

「嚇死人了，聽說江之島載浮載沉。」

「你看，連十二層那麼高的大樓都從上層崩塌。當時登樓遠眺的遊客很多，太慘了，全從高樓摔了下來。我去看過，葫蘆池裡還漂浮著那些屍體呢。」

路旁棄置整箱的雞蛋。我們順手拿起六、七枚生雞蛋，一口氣吞了下去，這不能說是偷，也沒向任何人討，當然更不是買來的。

淺草寺內擠滿避難者，吉原的妓女和淺草的藝伎分外惹眼，彷彿五顏六色的凌亂花海。

現在想想，當時小學五年級的弓子想必也在這群人當中。

「眞是如此呢。當時的我如今成了這副模樣，而你竟寫成了小說。哎，緣分實在不可思議。」說著她瞇起眼，緬懷昔日光景。

「可是，當初十二層高樓還在時的那個我，究竟消失到哪個世界去了？這麼一想——你儘管寫沒關係。就算因此讓我在公園待不下去，有一天我也會在某個地方將你的小說唸給別人聽。」

那座十二層高樓——我和朋友趕去時，周遭的建築物正熊熊燃燒，火勢尚未蔓延到淺草六區的劇場街。

我們看起來像不問世事的蜻蜓般坐在葫蘆池畔的石頭上，任腳尖踢起水花，啃著餅乾眺望十公尺遠的大火。

地震騷動稍微平息後，工兵隊四處爆破大型建築的殘骸。十二層高塔也是其中之一——

此刻，弓子在船底描述當時的情景。

「響亮的喇叭聲，連在小學裡都聽得見。放眼望去一片焦土，雖然四處建有鐵皮屋頂的組合屋，但從學校樓頂可以看到整座公園。樓頂的塔上擠滿看熱鬧的人，應該等了要一小時吧。這時火藥爆炸聲響起，隱約可見磚頭如瀑布傾瀉而下，只留下一側牆壁如長劍般豎立，緊接著再次響起爆炸聲，那面如長劍的牆壁也倒塌了。那一刻，在學校樓頂圍觀的人潮全高呼起『萬歲！萬歲！』，接著大家不都笑了嗎？可能是因爲劍形牆壁坍塌得太快，黑壓壓的人群紛紛跑上瓦礫堆。我驚訝地望著這一幕：人們占領了磚瓦山。遠眺這番情景，我們都開心得快哭了。但人們爲什麼看見高塔倒下就會高呼萬歲？又爲什麼要衝到煙塵四起的磚瓦堆上呢？」

「淨說些故事吊人胃口，是小孩子的幼稚行徑。」

「也不至於吧。你突然和人分手、與突然愛上某人，其實是一樣的。」

「妳說什麼？」

「不是嗎？那時你不是經常深夜拿飯杓敲姊姊的頭叫她起來嗎？我每次醒來，發現自己正躺在冰冷的水泥地上時，就想不管別人怎麼擺布我都行，只要買下我的人家裡鋪榻榻米就好。即便三面牆都燒燬了，只要仍圍著一片鐵皮，屋頂上鋪著草蓆……」

大正大地震

二十一

紅丸應該已靠近言問橋。頭上傳來車輪和警笛聲，足音如雨。

弓子在男人膝上隨著划槳的動作搖晃。

「我以前是個貨眞價實的女孩，比起現在遠遠更像個女孩。像你這種人根本不會記得。那是個適合洗衣服的晴朗秋日，同樣是在水泥中庭——沒錯，那裡周圍都是教室，中央不是有個像研磨鉢底的中庭嗎？教室的窗子間綁著許多細麻繩，中庭晾滿了毛巾。那是配給品，所以都是同款式的新毛巾。每條毛巾上都有兩條紅線。光是這樣就讓人想流淚。鮮豔的紅色線條，在整個院子翩翩飄動，那色彩讓我像普通女孩那樣驀地多愁善感了起來。你試想，到處是燒得崩塌的土堆瓦礫，燒斷的電線，燒得像生鏽的鐵皮，還有夾雜灰塵的沙煙。就算目睹別人被鐵棍活活打死，孕婦在馬路中央產下雙胞胎，馬屍和死人一同在大河上漂流，三天不吃不喝……在那種時候統統覺得理所當然。當時的愛情，自然也不同於平時的愛情。」

然而，昭和五年的春天，是東京華麗的復興盛典，嶄新的東京從那場大地震出發；當然淺草也從此重生。

可是就像〈淺草寺緣起〉的序文中，淺草寺的權僧正[29]曾這麼提到：

「金龍山淺草寺觀世音於推古天皇三十六年出現於如今的隅田川，爾來已有一千三百餘年歷史，作爲皇國稀有靈刹、國民信仰中心，無上利益日新又新，如今一天平均超過五、六萬名參拜者。然則大正十二年大地震，業火將帝都大半化爲灰燼時，堂塔伽藍連同十餘萬避難者悉數陷入火海，眼看要出現焦熱地獄，幸得本尊薩埵之妙智神力阻擋大火肆虐，拯救世人與本寺。靈驗昭顯，還有何人不正襟危坐皈依信仰。爾來內外信徒競相探詢顯靈遺跡，進而探求本山緣由之人俄然大增，亦是當然之理。」

所以，觀音堂出名的功德箱長一丈六尺三寸五分、寬一丈四寸六分、高二尺三寸，共用橫木十九條；箱子下方還造了地窖。根據寺內報告，好比光是昭和四年十月這一個月內香客就投入一萬六千零二圓；香花、蠟燭、祈禱、抽籤費等收入也有五、六千圓。昭和三年夏天施工的正殿修繕工程就耗時三、四年之久，預估經費高達六十餘萬圓。這筆錢同樣也是靠善男信女捐款。

29／僧侶也有階級之分，權僧正是位於大僧正、權大僧正、僧正之下的權官。

「地震時，若有超過十萬人獲救，我也是其中一人，就算是按人數平均分配……」弓子曾這麼對我說。

「救一條命的費用是六圓——但當時根本無暇做那種荒唐計算。皇居那邊響起三發警砲，十二層高塔和花屋敷燒燬，直到吉原都是一片火海，火勢向東延燒，到了約莫下午兩點，淺草寺的小祠堂也都燒了起來，南邊從藏前沿河一路燒過來。我跪拜僧正大師，然後朝傳法院的院子逃走。老僧正本來坐在草坪的藤椅上，觀音堂遭濃煙籠罩後，他倏然起身虔誠誦經。風霎時靜止下來，觀音堂的濃煙散去。」

那天，九月一日，據弓子表示，春天從印度旅行歸來便身體欠佳的老僧正，清晨去廁所的途中昏倒了。

二十二

清晨——說是這樣說，其實是凌晨一點的傳法院。老僧正去廁所時，在走廊因輕微的腦貧血發作昏倒了，過了五點才醒轉。弟子們直到天亮才得知此事。

那天中午天搖地動。僧正由弟子揹著，逃往池畔的草坪。

之後連老僧正的病房隔壁，甚至正殿書院的簷下，都被災民擠得無處落腳。

雖然一山二十四支院被燒燬，淺草寺內還是容納了一萬五千人。

六十多位和尚的白衣、道服、僧衣全燒光了，輪袈裟[30]只剩六、七件，只好穿髒汙的西服或浴衣照顧避難者。

淺草寺醫院、淺草寺婦女會館、淺草寺保育園、淺草寺兒童圖書館，現在淺草寺的六項「社會事業」中，這四座建築便位於淺草寺境內，實際上就是將大地震之際的善舉換個形式延續下來。紅丸號的時哥兒就讀的觀音堂後的淺草尋常小學校，就是地震後留下的。

九月四日早上，軍隊向寺內受災者配送食物。

富士尋常小學校將燒燬崩塌的牆壁、窗戶玻璃、黑板、桌子等大略收拾打掃後，接納露宿街頭或臨時組合屋的災民，則是在九月八日。一樓至三樓的教室總共塞了近千人，這是原本可容納兩千名學童的學校。

「我也對那毛巾的紅印象深刻。我姊姊是那種會將保平安的鈴鐺放在枕畔小抽屜睡覺的老街庶民女孩。」弓子對男人說起往事。

30／僧侶掛在脖子上的一種袈裟，寬約六公分。

「而我是地震的女兒，在地震時脫胎換骨，重獲新生。之前在水族館我不也說過嗎？我要成爲男人，絕不當女人。數百人擠在水泥地上，沒東西蓋，只能腳碰腳挨著睡，自然而然，在當時沒有一個女孩會想當女人的。沒有水也沒有電。蠟燭一根接著一根熄滅，夜裡伸手不見五指，有時得和乞丐並排著睡。這都是眞的，你曉得那裡面也混雜了乞丐嗎？但那對夫妻反而最有禮貌。夜裡會悄悄去樓頂花園解決需求的，恐怕也只剩下這對乞丐夫妻吧？還有被你拿飯杓敲醒的姊姊……」

「妳口中不斷提到的姊姊，就是那個發瘋的千代嗎？」

「你還好意思問。倘若你以爲能夠輕描淡寫一筆帶過，可就大錯特錯了。只不過那時遇見的乞丐著實教我佩服。起初約一千多人，之後一個個離開，被留下的那股寂寞就別提多悽慘了。」

弓子這段話的意思是，一樓教室的災民先遭到驅逐，因爲淺草區公所燒燬的院子已經堆不下配給品了，只好將其中一間教室的人移去其他教室，好搬進去成袋的大米；後來變成兩間教室、三間教室……最後一樓所有教室全成了配給品倉庫。

此外，災後正好滿一個月的十月一日起，學校要開學了，因此三樓教室也得騰出來給學童上課。

一方面當然也是因爲災民們已經陸續遷往親友家、返回故鄉、搬去市立組合屋，或勉強咬牙建造自家的組合屋。

大地震後四十天，只剩下五、六十戶約兩百人仍待在二樓教室。

「雖然只有二樓，但是水泥地很寬敞，秋風蕭瑟吹進教室。我想起來了。大家還在教室裡努力打造小窩。從火場四處撿來生鏽的鐵皮，或找來草蓆和破布，一戶戶擠在這乞討小窩中。儘管看來更顯淒涼。眞搞不懂爲何非得那樣躲躲藏藏生活。只有那對乞丐夫妻，一家三口照樣大大方方躺在一張草蓆上。要是我們沒圍起鐵皮牆，你也無法從牆底下伸進飯杓叫醒我姊姊了。」

二十三

千住吾妻汽船股份公司——正式報上名稱聽來很像樣，但自從向島堤變成現代化的隅田公園之後，這些渡船看上去只是古老的玩具。一靠近言問橋，船上販賣繪本的人就擺出船員的姿態說：

「呃，下一站是言問——言問到了，下船的旅客請勿忘記隨身物品。我就在此告辭。」向乘客打招呼後離去的姿態非常悠哉。正因爲悠哉，所以即便如今船資漲價到五錢，還是被稱爲「一錢蒸汽船」。

但這種古老的蒸汽船行經時，總是以一臉橫行霸道的姿態掀起波濤。

更何況紅丸只是艘小破船。雖特地取了名字，其實不過是受「船家時哥兒」的請託，由喜歡玩刀子的梅吉在船尾刻上「紅丸」兩字，再自行塗上朱漆罷了。

借船時，時哥兒的老爹特地吩咐過，有人專偷船具所以務必要小心，但是放眼望去，這麼破的船連梅吉都看不出來船上有何可偷的。

所以，每當波浪搖晃船隻，弓子就會感覺到男人的膝蓋，不悅地蹙眉說：

「哦，你的腿熱呼呼的好噁心。我也很討厭抱小貓小狗，讓動物的體溫捂熱身體可教我渾身發毛。」說著，猛然從男人膝上跳開，然後取下燈罩。

「弄亮一點吧。」

「既然妳討厭動物的體溫，當時肯定想和千代分開睡。」

「對，沒錯。」她隔著手帕抓住燈罩，一邊朝裡面呼呼吹出白氣，

「我從小就不曾撫摸母親的乳房睡覺。但當時只有一條配給的墊被，所以我才嚇了一跳，從鐵皮牆下忽然伸進一支飯杓，戳著姊姊的肩膀和脖子。當時我根本沒睡著，記得很清楚。姊姊抬手摸了摸頭，然後翻身仰臥，聳肩抬起雙手，一邊縮起肩膀一溜煙爬起來就鑽了出去，手裡還拎著枕畔的麻底草鞋。沒錯，她讓草鞋落在水泥走廊那啪的一聲，十公尺外都聽得見。而且四周一片漆黑，那一帶連盞燈都沒有。之後姊姊回來，你猜怎麼著？她渾身發抖，四處摸索，最後應是摸到我的辮尾，竟將我的頭髮塞進嘴裡，嗚咽哭了起來。」

「妳到底在說誰？如果眞是妳姊姊，難道不覺得丟臉嗎？」

「當然。所以你瞧，那麼髒的頭髮，我統統剪掉了。我對姊姊只有滿心的憎恨。」

「妳說妳當時小小年紀就躲在塔下發抖？這未免……」

「對，就是飛行船出現的那晚。但你不覺得很有意思嗎？當時年幼的妹妹如今拐了你上船，代替發瘋的姊姊，聊起那段戀情的回憶。」

「那妳再發抖一次給我看吧。」

「眞的是……」弓子紅著臉低下頭，心不在焉地擦拭玻璃燈罩。

「發生太多事了。警視廳診療組的醫生不是每晚喝得爛醉嗎？還有吵吵鬧鬧的工匠兄弟半夜去偷配給的醃梅子。一旦誰家的小孩死了，他們就四處募奠儀，宣稱哪怕捐個一文錢或一張草紙都行；還舉辦災民才藝競賽，招募會員去吉原的納骨堂參拜，後來和三、四個男人一起被帶去隔壁警察局，原來是當場被抓到聚賭。」

二十四

男人環抱雙臂倚靠在船板上。

「現在你知道了我是你舊情人的妹妹，是不是忽然覺得我像那女人一樣無趣了？」弓子笑著作勢要跳過去，透過已經擦過燈罩的油燈光線一再瞄向男人。她墊起腳尖，彎腰伸手到炭爐的火苗上方。

「哼。總而言之，我看得出來，妳現在只在乎我怎麼看妳。」

「不覺得這麼想有點可愛嗎？妹妹可不會連接吻方式都和姊姊一樣喔。」

「我最討厭那種麻煩的接吻了。」

「我也是。話又說回來，當時，若只是打發時間小賭一番都會被警方臨檢，那麼赤木先生爲何沒有被抓起來？」

「乖孩子，妳連我的姓氏都想起來了嗎？」

「做個乖孩子，什麼都可以想起來喔。但你也太傻了，幹壞事必須學得快、記得要久，這一點也很重要喔。」她說著，促膝靠近男人，

「在乖孩子遊玩的木馬館輕易上鉤，不惜特地來到大河中央赴約，我看你也不太正常。」

「妳說對了。」赤木像哄小孩似地笑了。

「對於我這種愚蠢的舉動，我倒是很開心。我已經快兩年沒來淺草了。」

「又是什麼風將你吹來了？說到風，你正是被狂風吹到了我姊姊身邊。那一晚，市公所和警視廳的車不是越過大川的臨時便橋走了嗎？河東的水深過腰，不見任何建築物；不只是東邊，聽聞各地公園的臨時小屋也全被吹走了。風強到走不了路。女孩們趴伏著緊抓地面哭泣，髮辮被大雨打溼，沾滿泥濘。我們學校的窗戶沒有玻璃，火柴根本點不著，黑暗中只能抱著別人給的舊棉被四處逃竄，到了隔天早上一看，你就在旁邊。還有，燒過的鐵皮、舊木板、破布全砸向了窗戶。」

「不愉快的話題該結束了吧……」

「至今我彷彿仍聽得見敲釘子聲，那是我終生難忘且備感懷念的聲音。不只是窗子，我們建造了整個學校。明治維新的新政府首先著手的就是教育。新俄國的第一件工作也是教育。——我還記得校長的這番演說喔。十月一日開學典禮，全員兩千名學童中好歹也集合了四百人，都踩著被火燒過的地面而來。學童中沒有一家房子沒被燒光的。大家一打照面都喜極而泣。那是我們親手打造的學校喔。拆下啤酒箱的木板拼在一起釘釘子，就成了桌子和講臺；掛上草蓆，就隔成不同的教室。高年級生每天忙著這些工作。老師在煙燻火燎過的牆上寫除法公式。因為我們做不出黑板，老師面前鋪了五、六條草蓆，全班二、三十個孩子就坐在地上上課。學校變得更有趣了，大家也充滿勇氣，說真的，如果世界毀滅了，我們還能再次活得那麼生氣蓬勃嗎？但開學後姊姊變得寂寞消沉，聽到誦讀課本的聲音或唱歌、體操的口令，就會從二樓窗口仰望遠方，淚如雨下。」

「要是妳打算以妳姊姊的事來找我算帳，就快點動手吧。」

亞砷酸的接吻

二十五

船艙內有兩座桐木衣櫃、曼陀林、兩尺高的鏡臺、黑紋檀木茶櫃、欅木做的長火盆，以及白木打造的神壇，旁邊還有酉市賣的熊手乃至羽球板[31]，裝飾得充滿東京老街風情，據說有些貨船上的船艙甚至不比富豪家的客廳遜色——紅丸號上，弓子將炭爐的炭火移至裝滿稻草灰的水桶，一邊說道：

「別嚇唬人了。找你算帳？大地震時的損失真要算起來，就連保險也只肯賠償一成。況且我姊姊的戀愛也不可能事先投保。」

「照妳這麼說，千代當初應該投保精神病險才對。但世上既然沒這種東西，可見我應該無需對別人發瘋負起責任。要是被拋棄的女人全都發瘋——那已經不重要了，但我和千代分手時，她並沒有瘋。」

31／熊手與羽球板：十一月的酉市賣熊手，十二月的歲市賣羽球板。熊手是在竹耙子上裝飾各種傳統飾品，寓意能扒進錢財，生意興隆。羽球板是女孩慶祝新年、祈求美麗平安的重要裝飾品。

「你們在哪裡分手的？是在警局門口吧？」

「那可是我們這種惡棍之間的規矩。千代在警局始終沒將我抖出來。我討厭糟蹋別人的好意，也討厭和別人殉情。」

「幸好先聽到你這麼說。」弓子從白外套的口袋掏出一個小藥瓶，將看似玉米粒的亞砷酸藥丸倒在掌心，瞇起眼睛說：

「一顆含有〇．〇〇〇五克的亞砷酸喔。瓶子裡有五百顆，不知能毒死多少人。這瓶子嘛，就是我快樂的泉源。」

「呿。」

「哦，都到了這種時候還取笑我，這不就像風俗展覽會的假人那樣太老古板了嗎？你眞以爲我會拿這種東西嚇唬你？你太天眞了。這只是我的玩具。不對，也算是必需品吧，就算吃了，它也只會讓我的肌膚永遠白皙剔透，彷彿連腳底都晶瑩潤澤。打從剛才盯著你的臉瞧，一想到隨時可以用這藥丸殺了你，多少還是有點愉快，因仇恨而晦暗的心也倏然開朗。即便是想殺掉的人，也忍不住湧上愛意。但你放心吧，我不是爲了見你才特地帶來的。我平時不就都在公園裡吃飯嘛。」

「怎麼，之前不是還說在陸地上會被追捕這種大話。」

「呵呵呵，要是在陸上，你不就能趁機逃跑了？被你以前的手下跟著也很煩，但是在水上就得聽我的。總之我吃飯時要吃藥，只好隨身攜帶。倘若在公園，十幾二十文錢就能吃得很飽，在家煮飯這種事，如今在淺草已成了不划算的習慣。」

「那東西給我。」赤木說著，伸出本來環抱胸前的手。

毒藥讓男人對弓子湧生新的感受──她如此察覺。

「我本來打算如果像姊姊一樣愛上你，就吞下這個自殺。我很想見你，甚至不惜一死。假如你能讓我變成女人的話。」她溫柔拉起男人的手臂，在他的手心倒了六顆藥丸，「就算說要自殺也是騙人的，比起嘴上說不惜一死，口袋裡裝著毒藥揚言要死，戀愛的喜悅想必會更強烈吧？因爲我要讓你吃下這些藥。」

赤木苦笑，正想丟掉手心的藥。

「別丟，那多浪費。」弓子說著湊近男人手心，嘴叼起藥丸，美麗的門牙喀拉咬碎藥丸，擠出蒼白的微笑，目不轉睛盯著男人。接著，她冷不防撲過去摟住男人的脖子，深深地讓嘴脣壓在男人脣上。男人被毒藥刺痛舌頭。

二十六

弓子就像一擊擒獲獵物便飛身而退的豹子，縮起脖子睨視赤木。她濃密睫毛的柔影和臉上險惡的神情極不搭調。

赤木剛上船時她說過，昨晚因某場騷動連化妝品都丟了，也許出於這個原因，她沒有抹粉，美麗的肌膚因睡眠不足顯得異樣蒼白。

她身上沒扣上釦子的外套，因男人一把推開從她一側的肩膀滑落。

男人不斷吐出口中的唾液，亞砷酸藥丸刺痛了舌頭。他慌忙抓起水壺拚命漱口，但是艙內沒有適合吐掉水的地方。

看著男人含水鼓脹的臉頰，弓子捧腹大笑。

小巧整齊的牙齒被溶解的藥丸染成黑褐色，沿著乾涸的嘴唇濡溼滴落。赤木驀然感覺到一股情慾，隨即又愣住了。那是毒藥。

「喂！」一張開嘴，口中的水順勢流向膝蓋。他抓住弓子的肩膀。

「笨蛋，快漱口、快漱口。我看妳才是瘋了。」

弓子從被他抓住的外套掙脫跳開，向前跑了三、四步，猛然笑倒。她笑得肚腹震顫不已，幾乎看得見大腿的一條條肌肉。

她一甩亂髮，抬起頭，眼神突然變得生動靈活，閃爍著淚光。

「你啊，你這人或許懂得所謂惡棍的規矩，卻完全不懂戀人的規矩。我頭一次接吻——我的接吻對象居然一邊吐口水一邊拚命漱口。」

她又大笑出聲，搖晃的身體讓人意識到她沒抹粉的臉。

「太慘了，果然不當女人是對的。哎呀，笑死我了。太好笑了。」

「喂。」赤木抓住女人的脖子讓她直起身，將她的臉摟進懷中，握拳頂住她的臉頰讓她張開嘴。另一手拽出自己的長襯衣袖子替女人擦起舌頭和牙齒。

弓子正笑得流淚，加上因噁心感湧上的淚水，一股腦兒地全抹在男人胸前。

「好、好了，好了，沒事了。剛才、剛才那是假的啦。對不起，要是不那麼做，我就無法和你接吻了。」

在男人鬆開的懷中，弓子的胸脯不住起伏喘氣。她濡溼的雙眼認眞仰望男人，

「幹嘛這樣看著我。你現在終於肯注視我了。上次在水族館，你不是還當我是小孩或妓女嗎？我很不甘心，這才乾脆大鬧一場。我說過亞砷酸藥丸是我的快樂泉源，這下子你懂我

的意思了？」

說到這裡，弓子眨了眨眼，連耳朵都漲紅了，彷彿才想起似地拉平裙子。

「我啊，」突然間，赤木清亮的聲音透著一絲顫抖。

「對千代其實也是……」

「用不著解釋。就算要辯解什麼，也不該是爲了姊姊，而是爲了我。你說是吧？眼看著姊姊戀愛，我心想自己才不要當什麼女人，但那樣實在太不幸了。所以如果是出於那個原因才見到了你，並且成爲女人的話，我也無話可說。」

兩人目光相接，彷彿要融爲一體，男人的手臂猛然將她摟進懷裡，臉落到女人的上方，

「混蛋！」弓子伸出右掌推開男人的嘴。

赤木唇間露出的牙齒，又黏糊糊被毒藥染色了。弓子打從剛才就將剩下的藥丸握在手裡，那些藥丸已因手汗而溶解。

「振作一點，你這蠢蛋。」

赤木倏然臉色發白垂下頭。

姥宮姬宮

二十七

吉原妓女蕊雲之碑，與津賀太夫[32]的石碑相對，建在三社後方。

就算是標榜屬於女人的淺草公園，多達三十座的石碑之中，妓女的石碑也僅此一座。而且連這座石碑，也是她獻給人丸祠[33]的。

「保農保農登，明伽之浦西，旦霧爾，四摩伽久禮行，不念遠之所思。」[34]碑上以男人般氣勢十足的萬葉假名抄寫的人麿和歌，也是出自她的手筆。身為「青樓才女」的她，似是藉此向淺草的人丸祠虔誠許願。

如此說來，淺草公園內五十近一百的神佛之中，做過妓女的，也唯有姬宮一人。

「明治天皇治世二十四年六月，於本市參事會指揮下，將如今徒有其形的姥池塡平。縱有矮茅平野之月，亦無法留住昔日風貌，為讓後世保留些許遺跡，特立石碑為記。森田鉞三

32／竹本津賀太夫是淨琉璃「義太夫節」的創始者。

33／祭祀歌人柿本人麻呂（人麿）的祠堂。蕊雲這塊粧太夫歌碑是因仰慕人麻呂的才華，於文化十三年（1816）敬獻給人丸祠。

34／這首和歌出自《古今和歌集》，作者為柿本人麻呂。大意是「天色微明中，明石海岸邊，朝霧掩島影，惜舟漸遠去」。

郎建之。」

「石碑」上提到的「姥池遺跡」，位於馬道六丁目三番地的民宅中央，而姥宮和姬宮如今也在千聖神社和七、八位神明雜居。

關於姥池的源起有三種傳說。不過，三者皆提及姬宮臥石爲枕一事。所以從弓子也許睡過水泥枕或以船板爲枕的作風，不免讓我想起這則傳說。

傳說中武藏野矮茅叢生的淺茅原野，是月亮從芒草穗尖升起又墜入芒草叢中的遼闊平野。

「旅人走到天黑了，隅田川的千鳥啼聲引人傷悲，漫無目的走了一陣子，在茅草乾枯的野地發現一間破舊的房子，裡頭住著壞心的老太婆。」

老太婆有個和她一點也不像的美麗女兒。

「老太婆以女兒的美貌當幌子，將路過的旅人一一誘入家中，讓女兒陪對方睡在石枕上，半夜等旅人熟睡後，就將事先懸垂著石頭的繩索砍斷，石頭落下砸碎男人的頭顱，再扯碎沾血的衣服，屍骸沉入池中。」

就這樣殺了九百九十九個男人。

第一千個旅人，聽到割草的男人吹笛聲。

「笛聲彷彿有人說話，
訴說天黑後即便睡臥原野，也別借宿那淺草的小屋。」
後來男人察覺石枕很可疑，暗自窺探之際，果然大石頭落下，他還不及慶幸撿回性命就倉皇逃離，衝進寺內大殿。之後驀然從瞌睡中醒覺，才發現身在觀音堂，原來割草人就是觀世音的化身。

「其後，到了陽明天皇的時代，一名少年來到此地向老太婆借宿。老太婆看少年一身華美衣裳深知其昂貴，當下心中暗喜，老太婆的女兒受到少年溫柔可親的姿態吸引，跟在少年身後，鑽進同一個被窩，然後大石再次落下。少年本是觀世音菩薩的化身，隨即消失無蹤，唯女兒一人遭石頭砸死。」

女兒早因罪孽深重感到內疚，暗自起了尋死的念頭。俊美少年的出現，只不過是替她的死亡增添一抹愛情的喜悅罷了。

「老太婆雖堪稱夜叉，痛失愛女想必也令她絕望得兩眼發黑，據說在悲痛過度下縱身跳入這池中。」

至於第二個傳說，和前一則傳說的差異只在於主角是貧窮武士夫妻的女兒。觀世音沒有現身，但女兒同樣爲了「消除罪孽」而僞裝成旅人，最終遭石頭砸死。父母在女兒死後也醒悟「本有的佛性」，就此出家。

倘若弓子也在紅丸這艘船上呑服亞砷酸而死，或許人們會說她的欲死之心和兩個女孩的心境相似。

二十八

第三個傳說是人皇第三十二代崇俊天皇時代的事。

這一帶本是僻靜荒野，盜賊四處作亂，令來自東方及北方的旅人不堪其擾。

「觀世音不忍見此情景，遂命娑竭羅龍王化身爲老婦，又命第三龍女化身爲嬌弱的美貌女孩，住在曠野中一棟小屋，引誘過路的旅人借宿。於是許多起了色心的盜賊爭先恐後攜酒上門求婚，兩人一律答應，讓女孩與盜賊睡在石枕上，之後割斷盤融這塊大石的吊繩，盜賊的腦袋頓時被砸得粉碎。如此行之有年，但沉迷色慾的盜賊仍不斷前來送命。」

最後，以盜賊老大意麻留爲首，所有盜賊一個不剩皆因好色被處死，旅人往來此地也平安無事。

「當時鄉里間哼唱著，

天色漸晚路過野地也有住處，就是那獨棟小屋老嫗家。」

之後老太婆跳入池中，成爲俱梨迦羅不動明王，女兒化爲金光耀眼的弁財天女的模樣。而石枕與女孩的鏡子，成了淺草寺的鎮寺之寶流傳後世。

若說弓子是今世的龍女，企圖將淺草公園的壞蛋一個不留地毒殺，那麼赤木扮演的就是意麻留，迷戀女人的色香，被誘上死亡之床。

然而，在雷門派出所旁看到布告欄上「在花川戶集合。紅座」這行字時，我完全不曉得當天弓子就上了紅丸號。

連江戶三十三處札所[35]的第二首佛教和歌也在歌詠：「世間罪孽太深重，孤庵老婦終跳池。」這是淺草觀音顯靈記的重要一頁，所以我特地爲各位介紹姥宮與姬宮的故事。話題回到前頭，當時我站在仲見世入口，正被一群推銷月曆的孩童包圍。

我故意不看那些孩子的臉，沿著廣小路朝花川戶的方向信步走去。

我在淺草郵局前遇見中國女孩，兩人都穿著黃色中國服裝。我才轉過頭看她們，眼前就突然有人朝我搭話：

35／ 進香者在供奉觀音菩薩的寺院參拜後，會在寺院的天花板或柱子釘上寫有自己姓名住址的木札或紙札，這些寺院即被稱爲札所。

「您看中哪一個了?」此人的藍色人造絲錦紗外褂格外俗豔。

「沒有。」

「您可以去找辻本。他那裡中國人、朝鮮人、白人都有。」

那人口中的辻本——稍後我會向各位介紹,他是公園附近的皮條客中最聰明、最奇特,卻也最可悲的男人。

「妳要去地下鐵的塔樓吧?」

「怎麼,您願意請客?」

「要去食堂集合嗎?」

「您說誰?」

「紅座不是要在那兒集合嗎?妳是看了雷門的布告欄才來的吧。究竟出了什麼事?」

「搞什麼,所以您才問我是不是要去塔樓啊!害我白高興一場。老實說,我本來還想您這人真是好心。我正在物色對象,看誰願意請我一頓晚餐——那布告肯定是某人的惡作劇啦。雖然我根本沒看到什麼布告欄。話說回來,您當真要去嗎?剛才說晚餐的事是開玩笑的。我買了淺草特產正準備離開呢。」春子搖晃手中的小紙包給我看。

「是這個啊……」

這個是知名的淺草特產，在小說中姑且將點心名稱賣個關子。雖說答案實在太簡單了——

「買這個可是有祕訣的。您得在賣場悄悄遞一張報紙給店員，很有趣吧？店員會迅速將報紙藏進襯褲裡，然後給您打個大折扣表示謝意呢。」

新版「螢光曲[36]」

二十九

倘若和童星歌三郎並肩走在路上，弓子看起來會比這個嘴脣過分綺麗的少年更像男人。當一個美麗的女孩看似男人時，各位難道不會從她身上感受到犀利且猶如易折利刃的憂鬱嗎？

在可以看見吉原堤防火瞭望臺的死巷，我租下和她同一個大雜院的房子後不久，驀然映入我眼簾的，就是弓子正給歌三郎穿襪子。就在那個有鋼琴的玄關。她頻頻抬起袖子拭淚，一邊抽咽。歌三郎戴著帽簷很大的鴨舌帽，雙手插在口式窄袖外套的口袋，腳伸到她面前。弓子顯然不是被這個少年惹哭的。但我假裝沒看見，暗自躲起來。

對於看似男人的她而言，此舉意味著什麼？總之我當下有股高喊的衝動。

「原來如此。不管那女人做了什麼，我都不忍苛責她。」

36／改編自蘇格蘭民謠〈Auld lang syne〉，也就是中文的〈驪歌〉。歌詞第一句便提到「螢之光，窗之雪」，即成語「雪案螢窗」之意。

在此必須聲明，歌三郎並非弓子的弟弟，他還是十二、三歲的小孩。

春子與弓子不同之處——是的，應該找別的女人和春子比較——就是她比任何女人都富有女人味。

眞正的女人身上沒有悲劇。看著春子，任誰都會這麼想。春子讓人感到她身上沒有悲劇，相對地，也會讓人認定，眞正的女人沒有悲劇。至少，她就是那樣的女人。

「哎喲，眞的是藏進襯褲裡了呢。」春子說著，看著我的腳尖邊走邊說，

「因爲沒別的地方可藏。女店員的制服——我是說那家店的，一個口袋都沒有，連圍裙也是。但沒想到報紙居然這麼受女人歡迎，哎，很離譜對吧？」

「今天的報紙有什麼大新聞？」

「不只是今天，是每天。那間點心店的老闆據聞有八個小老婆，過了中午就從小老婆的住處來店裡結算前一天的營收，讓人拎錢上銀行存起來，然後就走了。他的兩個兒子也很有意思，同樣四處在父親的小老婆家過夜。聽說老闆的妻子已經過世了，也不知小老婆和報紙到底有何關聯，總之老闆絕對不讓店員看報紙，似乎也嚴禁讀書。要是有人寄書給店員，老闆絕不會轉交，直接就退回去。」

「哦？但這事的確有可能。」

「我啊，說的可都是眞的。廣告燈上面不是有那種通電就會發亮的字嗎？店員們看到文字很懷念，總是從店裡一直盯著那些字看。所以一拿到報紙或書本時可麻煩了，他們會躲進廁所待上一小時，讀完後就藏在襯褲裡，還有，夜裡舍監不是會立刻熄燈嗎，但說來有意思，他們眞的和歌詞中的『螢之光，窗之雪』一模一樣。睡在二樓的店員紛紛打開窗子，外頭的燈光一照進來，大家的頭都湊過去……」

「那倒是一則佳話。畢竟我的職業就是讓人閱讀文字，印刷成字的文學將失去魅力的說法，這年頭相當盛行……」

「哎喲不行啦，您不能寫出這件事喔，否則店員太可憐了。上次我聽說有十八個店員被老闆搜出讀物，嚴厲審問是從哪得來的。店員不肯說，老闆就叫他們排成一排，一個個打耳光。店門口不是有個滿臉灰塵、看起來蒼白疲倦卻很親切的老先生嗎，他是賣報紙的。那位老先生會趁店員打烊關門時，偷偷賣剩下的晚報給店員。哎，請您別寫出來喔。對了，您就寫顧客會將報紙或雜誌忘在店裡好了。」

三十

嫩草、花開、珠簾、雛菊、甘納豆、湯花、鄉里特產、殘月，我漫不經心瀏覽這些名詞。這些都是適合擺在女兒節雛人偶架上裝飾的各色日本糕點的名稱，和水果軟糖、牛奶糖、口香糖、巧克力等甜點一起陳列在玻璃櫃中。這是地下鐵食堂一樓的商店。

特產賣場的左邊是料理樣品的展示櫃。

「要吃什麼？」

白飯，麵包，咖啡，紅茶——五錢。

檸檬茶，蘇打水——七錢。

冰淇淋，蛋糕，鳳梨，水果——十錢。

炸蝦，咖哩飯，兒童餐——二十五錢。

牛排，炸豬排，可樂餅，火腿沙拉，高麗菜捲，紅酒燉牛肉——三十錢。

午餐套餐——三十五錢。

「這裡的餐點好貴喔，別吃了。」

右邊是和電梯並排的餐券賣票處。

「應該沒有非得用餐才能上塔樓的規矩吧。您看，這兒不是有寫嗎。——地上鐵塔四十公尺高，歡迎自由登塔。」春子逗得賣餐券的女孩們都笑了，還一邊搖晃紙包給我看，

「咱們就吃這個配自來水吧。晚報那種東西在公園地上隨便都撿得到。將撿來的報紙和十文錢交給店員，他們就給了我這麼多點心。」

電梯內部宛如金梨地[37]的泥金彩繪。

「天啊，這玩意一次限乘十三人。三年兩百五十圓，一天是多少錢？抵達塔頂前先心算一下。若是在我買點心的店裡上班，三年的薪水是兩百五十圓，所以一年等於八十三圓三十三錢三厘三毛，一個月不到七圓。啊，已經到六樓了？」

電梯前是廚房。從旁邊去樓頂花園，踩著黑白相間的方格磁磚。

「一年三百六十五天，所以一天的薪水不到二十三錢。那間店從早上八點營業到晚上十一點半，要工作十五個小時半，雖說有時可能很清閒，但平均一小時頂多一錢五厘，這種水準的工資該怎麼說呢，待遇算好還是壞？要是我鐵定不幹。」春子對一望無垠的街景正眼也不瞧。

「我倒覺得妳的算術有問題。」

37／ 蒔繪工藝技法。在器物表面塗漆後綴上金粉，再塗一層透明漆讓金粉不露出，因貌似梨子表皮而得名。

「你說話還眞不客氣。是誰在餐劵賣票口前不吃點東西就不敢通過，我是明白的，我的算術可不是那種打腫臉充胖子的算術喔。電梯一眨眼上樓時，我連一錢五厘都算得清清楚楚了——啊，這種地方居然有稻荷神社，上面寫著寶稻荷大明神，連旗幟都有。」

稻荷神社的鳥居是鐵製的。

眼前一隻鋼鐵手臂高高舉起——那是吾妻橋架設工程的起重機。

「大樓像高爾夫球服裝的襪子一樣花俏，屋頂上還有萬國旗迎風飄揚。地下鐵車掌的制服也是，東京的交通工具可看不到人那樣穿，像電影裡西式飯店的服務生一般光鮮體面。所以嘍，這裡設置稻荷神社，就好比在西式短髮上插日式花簪。」

通往塔頂的梯子旁垂掛白幕，食堂裡的四名少女就躲在布幕中，用口琴吹奏〈波浮之港〉。

「音樂家應該會很高興吧？就像糕點店的服務生藏起報紙一樣。一小時才拿一錢五厘，據說待在那種地方一年只能出去玩兩次，而且全程由舍監帶隊，簡直像小學生去遠足。」

水泥

三十一

淺草廣小路有家賣糖炒栗子的甘栗太郎——燒鍋中和栗子混在一起的黑砂不斷旋轉起伏。記得有一天，一名紅團成員探頭看著那個，意味深長地說：

「喂，這是精采的草裙舞，比春野芳子[38]還道地喔。是大塊頭的黑女人在跳。」

還有那吹橫笛的笛龜，雖然在遊樂場的舞臺上對人破口大罵，但如果少了他吹奏的咆哮爵士小曲，就無法贏得觀眾如雷的掌聲。

舉例而言，各位最近聽過相聲嗎？相聲本來是小丑們的搞笑，而一九二九年，來自美國的「摩登號」無軌火車載著相聲藝人四處兜轉，讓他們成了雙重可悲的小丑。

再舉個例子，各位不妨看一看帝京座劇場的歌劇。舞臺上的光源氏和業平朝臣[39]居然大跳爵士舞。——朝臣啊，換個話題，都鳥的向島已成了水泥做的河岸公園；販賣向島名產

38／當時Casino Folies劇團的當紅舞者。

39／在原業平（八二五～八八〇），平安時代歌人，平城天皇之孫，三十六歌仙之一，面貌俊美，是《伊勢物語》的主角。

長命寺櫻餅和言問糰子的店家，也都改建成水泥房子。附近雖有商科大學的艇庫，卻是建在水邊的藍色木造房子。單看建築的話，小艇比櫻餅更富古風。

但是，朝臣當然不懂水泥建築的魅力。據說松竹蒲田製片廠將要製作標榜「這可是最尖端的流行」的可怕小調電影。恐怕很快就會出現標榜「這可是鋼筋水泥」的小調電影吧。

對此訕笑之人正是因爲不懂柏油和水泥的魅力。

關於那種魅力——雖然廁所的話題並不討喜，但除此之外我沒有更好的例子。

吉原附近的小公園——也談不上是公園，就是貧民區孩童的遊戲場，兩、三個孩子在清掃那裡的公廁。我從未見過如此乾淨的公廁。

「你們來這裡打掃？」

孩子們疑惑地看著我。

「每天打掃嗎？」

「對，常常掃。」

「爲什麼？是大人吩咐的還是受人委託？」

「都不是。」孩子們互使眼色後一溜煙跑走了。我只好轉而問在公園顧孩子的保母，她說：

「他們應該是喜歡那裡吧。那間公廁蓋得比自己家裡還時髦，而且上個廁所就能使用那麼氣派的空間，因爲很喜歡才主動打掃吧。」

我感到非常意外。可是再問對面長椅上的保母，也得到同樣的答案。公廁的確氣派得和孩子們的家有天壤之別。但是，孩子們對公廁的喜愛，不就來自水泥建築的魅力嗎？儘管大人們都讚美他們的「公德心」，其實孩子們只是受到現代風格建築吸引才這麼做。比起桃山御殿 40 的茶室，孩子們想必更愛水泥公廁。

倘若要選出所謂的淺草新八景，就是傳法院境內小堀遠洲 41 設計的名園，弓子也曾在地震時逃往該處避難，但她說：

「咦，那是名園嗎？」

如此看來，就算傳聞昭和五年四月一日起要開放，仍有人遺忘那座庭園；但誰會忘記水泥建造的言問橋和隅田公園？地下鐵食堂這棟鋼筋水泥大樓也比五重塔更令人印象深刻。而以水泥建造、大門猶如牢獄鐵籠的寺院——位於廣小路盡頭目前施工中的專勝寺，或許會被當成「摩登的」護身佛，搶走淺草觀音的觀光客也說不定。

40／京都的「養源院」，與織田、豐臣、德川三家淵源深遠，歷史悠久。
41／小堀政一，安土桃山時代至江戶前期的茶人、建築家、書法家，擅長造園。

話說回來，連電車內都張貼廣告宣傳「時代最尖端的文化之花」，但在地下鐵食堂的樓頂，躲在白布幕後、露出棉襪的女服務生吹奏著口琴——這古老又可悲的樂器。飲用水龍頭下的自來水，打開自己帶來的糕點吃的春子倒是很開朗——

三十二

或許是爲了防止跳樓自殺，樓頂四周設有圍欄，還架起鐵絲網。稻荷神社前有八張椅子和兩個高腳菸灰缸——我在那裡聆聽市井街聲。

交通警察的哨子聲、報童的搖鈴聲、起重機的鐵鏈聲、河上蒸氣船的引擎聲、踩過柏油路面的木屐聲、汽車與電車聲，以及這裡少女們吹奏的口琴聲、電車鈴聲、電梯門的啟動聲、汽車喇叭聲，那些遠道而來的喧囂，這些聲音融爲一體，朦朧浮現耳際，似也可說是一首搖籃曲。

在河的下游，並排四座橋梁的大河層層堆起冬日陰霾。

然而，唯有不時尖銳響起的吱吱吱、吱吱吱的聲音刺痛我的耳朵。那是剛才在樓下看到的玩具發出的聲響。稍微一壓鐵絲握把，圓形金屬片就會吱吱吱旋轉，冒出或藍或紅的火花。是乞丐少年在郵局門前販賣的。他腳邊的柏油路上，一個約三歲的女童躺著哇哇大哭。就是少年弄哭的。哭是三歲娃兒的工作，愈會哭的孩童租金愈貴。但是，少年憤恨地盯著那女童背部。我從未見過如此冰冷駭然的眼神。

再舉個例子，諸位若將目光從電影院的宣傳看板倏然移到對面，就會看到寫有這麼一段話的板子：

——世間無人像我這般不幸。去年十月死了丈夫，尚須奉養七十五歲的老母，如今患有腳氣病，還得撫養三個孩子……

胸前掛著這塊板子的女乞丐，在往來路人面前露出嚴重水腫的雙腿。

孩子在哪裡？三個都在池邊爬樹。

不能看他們。當他們意識到被看到了，會紛紛從樹上跳到地面，在眾人跟前打起架來，又哭又叫。孩童的任務就是假裝吵架，但他們的眼底比起認眞吵架更充滿恨意。

我不禁想起開朗的春子那雙明眸。她褐色的眼瞳，朦朧滲向眼白，眼白又轉瞬變紅——「啊，眞好吃。走過食堂旁，就連自來水也生津解渴。」她像喝水的鳥般，伸展柔軟的咽喉津津有味地咋舌，一邊回到椅子。

她似乎忽然變成了一個鄉下村姑，人造絲錦紗外套看起來格格不入。

「妳怎麼忽然變乖了？」

「是呀，和男人在一起，只要過了十分鐘都會很乖的。」

「很有本事。」

「誘惑男人的本事？才不是。我這人一點小事就容易開心，所以每次打招呼就忍不住饒舌起來。」

「要不要去喝眞正有味道的水？」

「好啊，你請客。」

食堂從二樓到五樓，每一層樓的壁紙顏色和裝飾燈都不同，充滿現代感，明亮清潔。二樓和三樓禁酒。我們去的是綠色牆壁的五樓，當然也可以喝咖啡。

西邊臨窗街景的彼方，可以看見上野松坂屋百貨的旗幟。

三流妓女替男伴倒日本酒。旁邊是一群中學生。還有兩組帶孩子的家庭客人，桌上擺滿餐盤那麼大的炸豬排。

靠門口的那一桌，兩個年約六歲的女童乖巧坐在椅子上，讓女服務生幫忙在吐司塗抹奶油。吃完麵包，女童按電梯鍵，電梯來了就安靜下樓。

我們會心微笑。

「了不起，兩個小女孩都很厲害。那才是淺草的未來生力軍。弓子小姐會很欣慰的。」

「怪了，那些人還沒來，不知是怎麼了。會不會在塔頂？」

都鳥[42]

三十三

咖啡杯已經空了。春子像孩童吸奶似地舔舐湯匙，茫然俯瞰南邊的窗景。

「水果店的店面其實很漂亮。」

「啊？」她略顯吃驚。

「是啊。哎，我剛才在看車頂，電車和計程車的車頂。灰塵積得好厚，髒死了，那麼厚一層灰。」

「連妳也有心事？」

「我才沒有心事，只不過是在休息放空。」

「和男人在一起，過個十分鐘就變得乖巧，過二十分鐘就將那男人拋在腦後——這麼說沒錯吧？」

42／ 學名爲蠣鷸，有人根據其體型特徵推斷牠其實就是現在的「紅嘴鷗」，且因「都鳥＝都之鳥」，於1965年將紅嘴鷗指定爲東京都的都鳥。

「我啊，討厭像弓子小姐那樣，說起話來就像縫衣服一樣。」

「像縫衣服是什麼意思？」

「就是說話像針一樣會刺人。在弓子小姐眼中，我是個可憐的女人；但在我看來，弓子小姐才真的可憐。或許她有她的道理，但我討厭她。」

「嗯。」

「首先，她就是個傻女孩。我擅長算術，剛才您也嚇了一跳吧。而我絕對不會算出弓子那樣的答案；但像弓子小姐那樣，以女人來說比較有利。但我喜歡的是明哥兒，是男的弓子。換作是明哥兒，年紀明明比我還小，卻總想寵愛我，我見了心裡都覺得好笑。明知道他那種故作老成的舉動是在耍帥，但或許是我沒出息吧，不知不覺還真的被他寵愛了。女人可能就吃這套，讓男人澈底玩弄……」

「被玩弄是怎麼回事？」

「就是那回事啦，沒什麼好說的。傷腦筋。也就是說我往往會想，我怎麼會是這麼可憐的女人。倒也不打緊。但那就像在說男人怎麼會這麼好是一樣的。」

我沉默不語伸出手，她將仍在吸吮的小湯匙交到我手上，說聲「不好意思」，似乎壓根沒察覺已將湯匙遞給我了，不當回事地說：

「剛才我不是說在休息放空嗎？就是那種放空。在男人面前，我就會立刻放空，完全沒必要想什麼或做什麼——這可不是刻意的喔。別看我這樣，好歹我也是一個女人自食其力過來的，所以總得喘口氣。男人就是我生活中的安眠藥。——分手的時刻就是一早清醒之際。大抵上，哎，說什麼『大抵上』好像很了不起似地真對不住。不過，談戀愛時，都是晚上掉眼淚；分手之後，卻是早上掉眼淚。等早上不會掉眼淚了，就表示身爲女人好歹出師了。但弓子不是，她總是和男人打打殺殺，喏，您看過觀音劇場的大看板嗎？弓子的生活正如那上頭的廣告詞『武打劇和一路砍殺到底的無中場休息大戲』，根本睡不夠。我完全不懂她爲了什麼不睡覺。這不成了可憐的實驗動物——人類幾天不睡覺也能活嗎？」

「弓子沒有男人嗎？」

「哎喲，討厭，眞是的，想問那種事就直接問嘛，還害人家說這麼多廢話。」

「看來妳也意外地喜歡縫衣服。」

「是呀，我就是個庸俗的女人，也正想學學縫衣服。哎，您這樣不行，故作一本正經，該不會再過二十分鐘，又要問我弓子有沒有男人吧？我討厭那樣。」

三十四

玻璃窗外，又有巨大的鐵臂揮來，聽著鎖鏈聲，春子瞇起眼遠眺。

「啊，好想上吊。要是被那個用力吊起，不知該多好。我常想，我要化上豔麗的妝，穿大紅衣服，一邊蹬腳掙扎。那該多好啊，被高高吊起，脫力斷氣時就撲通掉進大河——」

「妳知道嗎，那正是昔日流行『毒婦』這種字眼時予人的強烈形象。只穿泳衣，站在起重機的頂端像燕子縱身一跳。妳既是現代女孩，也該學學燕子式跳水。」

「才不要，那種事你對弓子說去。她那人啊，就像即將出嫁的大家閨秀，也不明白在害怕什麼？又不是要她當新娘子來賺錢。」

「我也不了解。總之淺草人非常傳統，上有跑江湖的攤販，下有遊民，甚至乞丐。重視老大和手下的關係，以及同伴間的道義人情。簡直就是江戶時代的賭徒本色。就連澀谷的道玄坂和新宿那一帶的不良少年，思想上似乎都比淺草來得前衛。因爲他們沒有淺草那樣的傳統。當然，光看淺草華麗的表面，或許在日本找不出第二個如此活躍的地方了；但淺草的底層就像昆蟲館的標本——也像離島，或是有酋長的非洲村落，和當今社會截然不同，依舊張著古老的規矩之網。」

「你是怎麼了？討厭，說這些做什麼。簡直就像不時蹺課去淺草遊蕩，卻被警察逮住的學生一樣，那些話就該是那些人會說的吧。說什麼規矩之網，難不成你違反過規矩？應該沒有吧？沒有就行了吧？你不過是懷揣著好奇心在淺草閒逛。說到你那可笑的規矩，淺草就是藉此勉強營生的苟延殘喘之人的巢穴。你該睜大眼睛看看，流血事件和橫屍街頭都是眞的喔，已經是本地特色了。換作是我也要用起重機上吊。至於剛才那個話題，不妨問起重機，起重機先生，你將都鳥趕去哪兒了？弓子到底有沒有男人？請你問問都鳥吧。」

「原來如此，因爲有吾妻橋嘛。吾妻橋是竹町渡口的遺跡。竹町渡口還有個業平渡的別名。」

「咦，那裡有都鳥？」

「哪是什麼都鳥，隅田川上的只是普通海鷗。雖然書上說鳥嘴和鳥爪是紅色的，但那多半是瞎掰的，川柳[43]也經常嘲諷這點。」

所謂名勝景點，海鷗也變成都鳥
只需一橋之隔，海鷗升格成都鳥

43／由十七個假名組成的詼諧短詩。

鳥名一分為二，恰似渡口擺渡人
嘖嘖真可惜啊，駒形海鷗不值錢
若不過是海鷗，就不算名勝景點

所以從竹町渡口一帶到吾妻橋的「都鳥」，要是飛到下游的駒形，旋即成了可悲平庸的海鷗。

「反正業平是古今罕見的收破爛之人。換作是現在，應該會歌詠此人是市井間的女神吧。」

「業平現在不就在帝京座歌唱嗎。」

話說諸位讀者，我好像將光源氏和業平朝臣放上了帝京座劇場的舞臺就忘了說下去。

這位宮廷貴人，穿著就像標準的宮廷貴人，只不過拿了細長的枴杖，而且還扭腰擺臀。

——我是專業工，穿著藍色工作服，
不會隨便揮舞沉重的鐵鎚
…………

一邊唱著「都市交響樂」，一邊跳爵士舞，順手就拿起拐杖當成刀劍般防禦。

還有，喚我老古板的春子也是，她在尖塔上依序和四、五個男人正大光明地接吻，一邊對我說：

「我是淺草鐵塔的新娘。『艾菲爾鐵塔的新娘』[44] 這齣戲是怎麼演的？」

三十五

舞臺是平安時代的京都花季，所以演員都裝扮成光源氏和業平那個時代的典雅女官。她們悠然載歌載舞，其中的瘋丫頭卻突然穿越千年大跳現代查爾斯頓舞，不料跳得太起勁而昏倒了。她們會搬出「左女」的流行字眼談論戀愛及議論社會。好比說——

「普羅大衆是什麼？」

「是認眞工作的無產階級勞工。」

44／ Les Mariés de la Tour Eiffel，一九二一年法國作家尙．考克多（Jean Cocteau）爲瑞典芭蕾舞團寫的戲曲，以一八九〇年代巴黎剛完工的艾菲爾鐵塔爲舞臺。

爭論不下時還會起衝突。

「這可是拳擊，西洋人都這麼打架。」

諸位讀者，「左女」聽來激進，但似乎是淺草最新流行的字眼，是和「左撇子」同樣意思的失禮別稱。若是聽聞紅團成員說：

「弓子那傢伙，最近變成左向。」就是指她「左傾」的俏皮說法。

若是說「春子那是摩登左衽」，就是說她受到柯倫泰[45]女士筆下《紅色的愛》影響的雙關語。但是，和思想發源地俄國不同之處，就在於日本「左衽」本領高強，要收錢。畢竟在淺草，可是一邊以歌劇風吟唱，一邊閱讀光源氏以古語寫就的情書。這些宮廷貴人可以一口氣說出不同時代的日語。

同時跳著狐步舞，全體手拉著手，唱著爵士小曲圓滿謝幕——這就是「音樂劇[46]」。在地下鐵的塔上，春子隨口便以「艾菲爾鐵塔的新娘」自居不過是小意思。因爲正好當時，Casino Folies劇團的舞臺背景很像尚．考克多「艾菲爾鐵塔的新娘」的舞臺。

紅團的孩子無論從哪兒跳上卡車搭便車，也全然不足爲奇，這就是淺草。

街頭已是年底大拍賣，就像一場廉價博覽會，放眼望去盡是旗幟、布幕、紅色標語、燈

45／亞歷山德拉．米拉伊洛芙娜．柯倫泰（Alexandra M. Kollontai，一八七二～一九五二），俄國女性革命家、外交官、共產主義者。

46／華格納創始的歌劇形式，追求音樂與劇情的一體化。

籠、樂隊，連淺草都有推銷女郎。

在五顏六色中揹著七、八張白熊（據說是）皮毛，緩緩走來的朝鮮人的白衣，即便從五樓窗口，也瞬間映入我們眼簾。那抹白色正要橫越電車道時，面前忽有卡車停下，車上跳下兩個小孩。

「啊，是小不點。那不是向島的卡車吧，是言問的？怎麼回事？」春子說著站起身。

少女是弓子家的小不點。

她穿著胭脂色外套，口紅不消說，還畫了眉毛，就像歌劇裡的童星。但是與她手拉手站在食堂門口的小男孩，看起來和她很不般配，是個小乞丐。

那名少女一臉嚴肅地走進來，在春子耳邊囁嚅：

「那傢伙實在不應該，上樓來這裡途中，居然偷了一根扶手的螺絲釘。」

「妳也不對，聽說妳每晚都盯著水族館的樂隊，腳還打拍子。」

「拜託，別人還不是一樣窩在那裡。」少女顯得滿不在乎，然後一副神神祕祕地拉扯春子的袖子。

「什麼事？」

「姊姊在紅丸上，還有……」

「說要在鐵塔集合是眞的嗎？」

少女點頭，於是我們上了頂樓。少年從先前女服務生吹口琴的白色布幕後冷不防跳出來。

「別鬧了，這可不好玩。」

少年板著臉沒笑，又鑽進稻荷神社旁。

然後他攤開撿來的廢紙團，紅座的千社札從中落下，整張紙寫滿弓子的字跡。

他揮舞著那張字條說：

「妳們看，我很強吧。」

塔上的新娘

三十六

這名少年，唯有和少女在一起時被稱爲「船小子」。因爲他是紅團從船上撿來的。雖說是船，卻是演戲用的船，是被扔在劇場後面的舞臺道具。他們就是以那艘船爲巢穴的小混混。

當時他靠著扮演江湖藝人的托兒混飯吃，但他最拿手的是找出怪異場所藏的怪異東西——比方說找出扒手的錢包。所以現在，他立刻盯上稻荷神社旁的植樹。撿起的雖是廢紙，上面寫的卻是弓子像習字帖般方方正正的字跡。

紅座的千社札才落下，船小子一把撿起來，立刻點燃火柴。

我探頭往那張紙看去。

——陽炎散後天光亮，閃電消失變黑暗。

「寫了什麼？」船小子說。

我接過紙條小聲朗讀出來。然後，我們四人沿著螺旋梯爬上尖塔。

「彩霞晨淡傍晚深。
霧靄晨深傍晚淡。
陽炎散後天光亮，
閃電消失變黑暗。
紅葉自峰頂染紅，
花朵從山腳綻放。
河水晝靜夜喧囂，
海潮晝囂夜安靜。
樹有花朵清晨開，
草有花朵傍晚開。」

「這到底是什麼玩意？籤詩？給我看看。」春子說著從懷中伸出手。

「啊，我懂了。」

「是暗號嗎？」

「只是隨便亂寫的——不，是裝模作樣的留言，弓子連寫字都這麼矯情。」

「怎麼會扔在這種地方？」

「我又沒跟著她扔的紙屑走怎麼會知道？你就當作有人向弓子搭訕吧。明天我寫信問她，收到她的回覆後，就能解開謎團——反正我們現在想破腦袋也想不明白。多虧登上塔頂，總算知道是被她耍了。多半是某人氣憤之下隨手扔掉的吧。總之是來過塔上的某人，若是如此，那麼弓子也挺可愛的。但是以她的作風，明天不見得能收到答覆。」

這座尖塔——宛如教堂頂上的鐘樓，是圓形的水泥塔，東西南北四面各有一道觀景窗，窗子下方以鐵絲網圍起，牆壁下半是綠色，上半是淺藍色，圓形天花板懸掛著玻璃裝飾燈。

東邊窗口有四個男人正湊在一起談話，不悅地轉過頭來，發現春子等人後問道：

「船小子是從言問來的嗎？」

東邊窗子望出去，眼前就是神谷酒吧。左下方的東武鐵道淺草車站建設所是木板圍起的空地。大河、吾妻橋——臨時便橋與錢高組公司的架線工程，東武鐵道鐵橋工程。隅田公園——淺草河岸正在施工，岸邊有石工廠和成群小船，還有言問橋、對岸的札幌啤酒公司、錦糸堀車站。大島瓦斯槽。押上車站，隅田公園、小學、工廠地帶。三圍神社。大倉別莊。荒川排水道。筑波山被冬天的陰霾雲層所籠罩。

春子的手縮在懷中，慢吞吞走過窗前，眺望東京的屋頂。

「東京眞是鄉下。看起來就像那種賣舊木屐的市場中，木屐上沾了泥巴還翻過來並排放的村落。」

「居然說是村落。了不起。」一個男人忽然摟住她親吻。

第二個男人也默默吻她。

剩下兩人也依序安靜地吻她。

期間，春子始終沒將手從懷中伸出，只是閉眼站著。

「我就是淺草鐵塔的新娘。有口紅嗎？」

三十七

有口紅嗎——春子這麼問起時，小不點正讓鼻子壓在西側窗戶的鐵絲網上。

因爲船小子的手搭在她肩上，對她的嘴脣虎視眈眈。

從那扇窗看過去，前方是猶如橫倒的垃圾箱的淺草郵局，還能看見淺草名產雷米香大招牌上的金字。淺草區公所、傳法院、廣小路——黃昏時的店頭裝飾彷彿在爲甲蟲舉辦慶典般渺小，還有大馬路上往來的汽車與電車、祝賀入營的旗幟，馬路盡頭佇立著水泥建造的專勝寺，銅屋頂映射出黯淡的暮光。廣小路右側是仲見世的屋頂和電影街，左側是電信局和大澡堂。上野松坂屋百貨、上野車站、灰色的上野森林與火車的白煙、帝室博物館、帝國大學的安田講堂和大學圖書館、尼古拉堂、靖國神社、新建的國會議事堂。如此遼闊的城市上方，若是晴朗的朝夕，還可以看見美麗的富士山。

對他們而言，接吻似乎和吹口哨沒兩樣。

身穿燈心絨西裝，腳踩朴木高齒木屐，頭戴藍色賽璐珞材質無頂遮陽帽的男人，排隊完成第四人的接吻後說：

「喂，船小子，腳踏車銀哥兒傳話來了嗎？」

「嗯，他在監視紅丸。但船艙的窗子關著，看不見裡面的動靜。已經給梅哥兒發了信號，叫他趕緊靠岸了。」

「難怪，船已經往下游來到言問橋了。」一眼看著小型望遠鏡，轉頭說話的男人戴著鴨舌帽，雙層的衣襬下卻露出寬褲，打扮得像個大學生。

另一人戴學生帽，還有一個男人看似老街的少東家。

「可是我剛在這裡撿到明哥兒的信。」

「信？」四人一起面露驚訝，可見應該不是他們落下的。

由於他們的驚訝，我也從面朝北邊的窗戶轉過頭。從那道北窗望出去是這座塔頂的通風管和萬國旗、仲見世，還有今半餐廳屋頂的金色虎魚裝飾。仁王門、鴿子、五重塔，只有最上方的屋瓦是綠色的。正值落葉季的大銀杏樹、修繕中的觀音堂，一進入十二月，腳架上方就搭起鐵皮屋頂，周圍以簾子圍起。各位可能也看過仁王門旁正殿修繕捐款受理處的告示，上頭寫著主屋正面寬度近五十公尺、深五十一公尺、高三十六公尺，預計使用長九至十八公尺的杉木五千根、角材三萬七千五百公斤、白鐵波浪板四千片，還可以看到冬日境內乾枯蕭瑟的樹林。吉原、千住瓦斯槽。東京的北方盡頭，冬天的陰霾雲層壓得很低。

「雲霞晨淡傍晚深——這是什麼意思？」四個男人湊近春子從袖中取出的紙片。

「就算說是暗號，問題是明哥兒根本不知道我們會來這裡。」

「該不會哪個人後來受明哥兒委託過來了？」

「噓！說不定是可疑人物混進來，扔下這張紙。」

「船小子。」穿燈心絨西裝的男人將紙條翻到背面，說了：

「你去下面食堂的爐子，將這張紙放在火上烘烤看看。倘若出現字跡就立刻回來。小心一點。」

「先生，給我五錢買咖啡。」船小子說著朝我伸手，少女從旁插嘴：

「我有錢。」

「是這樣的，」鴨舌帽男人對我說。

「昨晚弓子家起了一點騷動，我們今早才知道，所以今天很危險，最好別待在淺草。況且聽說她和一個叫赤木的危險男子上了船，我們不放心才來此監視。她的性子太倔強，我們只好瞞著她……」

「喂，你們看！」拿望遠鏡的男人從窗口大叫。

「剛剛明哥兒袒露胸膛被帶走了，白外套的手臂還染得一片鮮紅，那是血！」
「咦，那不是水上警局的船嗎？」
白色馬達小艇從言問橋的水面破浪而來。

酸漿市[47]和外國女孩

三十八

白色馬達小艇從言問橋的水面破浪而來。

我寫到這裡就打住——從二月至七月，期間約整整五個月的時間我停筆沒寫「紅團故事」。

「白外套的手臂還染得一片鮮紅，那是血！」拿望遠鏡從地下鐵食堂的尖塔遠眺的男人高喊，穿白外套的弓子被帶進紅丸的船艙。——我必須從這裡往下寫。

但那條大河上已臨冬季的陰霾黃昏，是一九二九年的冬天，街頭正逢年底大拍賣。

可現在已是三〇年的中元節拍賣了。

賣螢火蟲和賣昆蟲所捎來的夏日信息，在夜晚的公園早過了季，比賣花女的鮮花更過了時節。

47／ 每年七月九日、十日，淺草寺境內會舉辦酸漿市集，擺滿酸漿盆栽賣給香客。

那些花——就是女孩站在路旁兜售、多半已過了季節的花束，各位可曾在淺草買過那種花？那是最容易凋謝的花。

「我也去賣花算了，像銀座那樣。」春子說。

「銀座風格的賣花女早出現嘍，就在常盤座戲院後面和公園劇場後面。」

「哦，你買過？」

「別傻了。」

「我說的不是花。聽聞她們會在花束中放名片，而且上面寫得很清楚，幾月幾日幾點在哪碰面。」

「使出這招來賣快凋謝的花？不知都是在哪碰面。」

「所以我才叫你要清醒一點。那種花啊，會從雌蕊柱頭往花莖中插牙籤保持硬挺。人家不都說一見鍾情，再見傻笑，三見心兒怦怦跳。這是任誰都喜歡的場面啊，搞不好就和賣假色情照片的手法如出一轍。畢竟淺草可是三教九流的修煉場，只是拿電影劇照冒充色情照片還算好的。好比電影女明星的泳裝照，雖然的確算得上裸體美人；奇妙的是，也有那種噴濺水沫或落花的武俠片劇照；以及貫一在熱海海岸踹開阿宮[48]的那一幕，還是彩色照呢；號稱只穿襪子、全身一絲不掛的成群人魚，卻是女校舉辦運動會時團體遊戲的照片；誇張的是

48／ 貫一與阿宮是尾崎紅葉名作《金色夜叉》的男女主角，曾多次翻拍成電影上映。

書。不是常見到婦女雜誌附錄中夾的小冊子嗎？就是那個。小冊子的封面貼上白紙遮住，紙下隱約可見「編織與手藝的書籤」或「人人都做得出的西式料理與中國菜」等文字，或是發揮三寸不爛之舌的唬人宣傳——小說不也流行這一套嗎？」

「就像淺草的表演。」

「哦？雖然同樣是唬人的，但活生生的女孩裸體，戳下去可是會冒出鮮血喔。」她說著，像青蛙一樣弄響口中的海酸漿[49]玩具。

七月九日與十日是淺草觀世音的功德日。諸位當中若有信仰觀音菩薩，就會知道所謂的功德日是：

一月一日　（相當於百日）

二月底（相當於百日）

三月四日　（相當於九十日）

四月十八日（相當於五十日）

五月十八日（相當於百日）

六月十八日（相當於五十日）

49／ 海產卷貝類的卵囊，和酸漿果一樣可放在口中吹出聲音。廟會攤子及海水浴場皆販賣這種玩具。

七月九日　（相當於四萬六千日）
七月十日　（相當於四萬六千日）
八月二十四日　（相當於四千日）
九月二十日（相當於六千日）
十月十九日（相當於一千日）
十一月七日（相當於六千六十日）
十二月十九日　（相當於四千六百日）

也就是說，我和春子在七月九日去參拜觀音菩薩那一次，就相當於參拜四萬六千日的功德。而且，倘若風雨無阻地持續在這些功德日參拜三年三個月，據說就能獲得「諸願成就，疾病痊癒，子孫繁昌，六親眷屬成佛」的神佑。

這些數字究竟是如何推算出來的，我們凡夫俗子自然無從得知，但如此一來，不知情的人在其餘日子前往參拜，看起來就像傻子一般，所以「四萬六千日」那天，就算除夕也照樣在傍晚關門的觀音堂，會盛裝迎客直至深夜。

還有酸漿市。

猶如直接將整片綠色的酸漿園倒掛出來，這才是梅雨過後的夏日風情吧。這天賣的避雷符，彷彿眞能聽見雷鳴。

三十九

一群南洋人的隊伍，驚起淺草寺早晨的鴿子。這是觀光團。

朝鮮女人的白色褲腰間，黑腰帶以朝鮮方式綁著小孩，光腳走過柏油路。手裡拎著帆布鞋。一個晚上就許多人經過。這是松竹座劇院前的松淸街。

熄燈後的松竹座簷下，四個中國孩子在玩捉迷藏，他們全梳著辮子，猴子似地喊叫著，從售票口前圍著的黃銅欄杆像猴子一樣鑽過去四處奔逃。這時劇場已經散場了。他們是在淺草後街至吉原一帶的咖啡廳，沿路推銷街頭算命、煮豆和魷魚乾的孩子。差不多到了做生意的時間，咖啡廳一晚會來四、五十個兜售的孩子，有日本人、朝鮮人、中國人，爲了讓客人容易識別，中國孩子梳起了辮子。

春子舉手叫住匆匆越過我們的白人女孩。

「瓦莉亞。」

在此我向諸位介紹一下春子吧。因爲按照之前改編成電影的《淺草紅團》[50]劇情設定，弓子死了。她在紅丸號上放進嘴裡的是六顆各含〇．〇〇五克亞砷酸的藥丸。

「瓦莉亞！」

被春子叫住的白人女孩，彷彿吹起帶著色彩的狂風，又好似踢著達達馬蹄聲的小野馬，颯爽越過街頭。

兩個女孩挽著手吹口哨，沒穿襪子，身上是大紅色如舞衣般輕飄飄的布料，沒穿內衣也沒戴帽，彷彿是有意讓沒見識過白人女子肌膚的有色人種側目般，蔑視日本人的情慾。

「喂，舶來不良少女囂張橫行起來了嗎？」

「我也不清楚，但近來公園的確多了不少外國人。某人好像說過，淺草快變成國際化的黑街了──騙你的，是我隨便亂說的。」春子說著，彷彿在碼頭道別般舉手揮舞。

「米拉！瓦莉亞！」

我感到很驚訝。身材高䠷的女孩倏然轉身，稍微拎起短裙，微微彎腰朝我們拋來飛吻。

「所以我才討厭外國人。」春子猛然撇過頭。

50／淺草紅團曾兩度拍成電影，此處是指一九三〇年上映的黑白默片《淺草紅團》。在該片中安排弓子死去。

「那孩子才十六歲呢，修長的雙腿充滿年輕女孩的活力，連女人看了都覺得賞心悅目。比起來日本的舞孃就差遠了，小姑娘的腰肢乾巴巴的，舉止又僵硬。她姊姊米拉據說十八歲，姊妹倆正要從雷門搭電車回去，所以你別奢望了，不如叫辻本幫你介紹別的女人吧。他似乎認識一些十五、六歲可愛的白人女孩，還讓她們在仲見世遊街喔。她們會裝扮成歌舞劇的舞者，除了她們倆還有個十四歲的妹妹和二十一歲的姊姊，四姊妹都在萬盛座跳舞，被稱做達尼雷夫斯基姊妹。」

沒穿襪子的俄國女孩雙腿白皙透明，光滑得彷彿抹了油，走在夜晚的柏油路面時猶如綠色酸漿，遠比日本女孩浴衣下襬露出的裸足更具夏日風情。

她們在臺上跳舞時肌膚覆著汗水，觀眾可以看見汗水流過白粉弄花了妝。

就連一個月前的六月初，在電氣館跳舞的春野芳子也對汗水耿耿於懷。她曾對我說，愈不希望出汗偏偏就愈會流汗。

話說回來，弓子將赤木拐上船時，水族館的舞者雙腿仍被凍得像豔紅的天鵝絨。

轉眼過了七個月。諸位要明瞭，描寫淺草這七個月，就像要追逐去年的太陽般難以一一盡述。

此刻也是，在松清町派出所旁，春子像要取出香粉紙般，從腰帶抽出那張「淺草紅座」

的千社札。

「我要道別了。從宿過來的左撇子阿彥託我一件棘手之事，雖然有點自不量力，但畢竟是淺草的規矩。瞧我忽然一本正經的，拜拜啦。」

「宿」是指新宿。

赤帶會

四十

那派出所就位於廣小路和松清街的交叉口。

從淺草本願寺後門出來左轉，田原町火車站的西邊。無庸贅言，雷門是淺草東邊的正面大門，松清街是西邊的正面大門，根據統計，一年湧入淺草的民衆多達一億人，花在看表演、餐飲店、藝伎店的錢，一年約一千兩百六十萬圓；光是西邊入口的香菸攤，一天的營收據說就有兩百圓。

可香菸忽然賣不出去了。香菸攤和公園只隔了一條馬路，復興局的道路拓寬工程，讓它原本絡繹不絕的生意轉眼成了雲煙。

買個香菸還得過馬路，而且這條馬路太寬了。所以即便俄國女孩橫行在馬路這一頭，也絲毫不會引人注目。

「今晚有紅札嗎？」我探頭看春子手裡的千社札，就是在這條冷清的人行道上。

「哦，聽你這麼一說，全都是紅色的吔，藍色用太多了。如此看來，我似乎過於海派。」

他們的千社札就是個小小的惡作劇，是老街庶民式的風雅作風。但有時也可充當他們的名片、身分證和危險信號。

足以藏在掌心的厚重和紙上，以勘亭流[51]的字體印著「淺草紅座」四個字，還模仿電車的信號燈印成紅色或藍色的。

比方說，春子釣到外地來的男人去到雷門前的明治製果店時，會在入口扔下一張藍札。經過的同夥一發現藍札，旋即一窩蜂湧上來勒索男人。

還有，他們不知何時何地會在哪些人手下遭遇危險，因此他們會趁對手不注意時，偷偷在骯髒的中餐館門口貼上紅札，或朝通往黑暗空地的路上撒紅札。這是向同夥發出求助的危險信號。

他們之中倘若有任何一人失蹤，他們會率先向乞丐和遊民打探消息。

「有沒有在路上看到這種千社札？」這麼問是因爲遊民往往會在深夜或清晨打掃餐飲店門前，作爲討得剩飯的回禮。

51／江戶時代最常用的字體之一，字體粗厚渾圓，據說是岡崎屋勘六（一七四六～一八〇五，號勘亭）創始。

「紅札幫不上我，倒是我對昔日的紅帶會在道義上有所虧欠。阿彥要我向他透露繪馬俱樂部裡有哪些人，他從『宿』乍然跑來，搞不清狀況，對吧？所以我得領著阿彥四處走動指點他，實在太麻煩了。乾脆將紅札貼在繪馬那些人背上當記號罷了——坦白說，繪馬那幫無賴，說不定還真想貼上紅札出賣自己呢。」

「但妳也犯不著主動涉險吧。」

「涉險？哪裡危險了？別看我這樣，好歹也是個女人，既算不上放蕩也沒那麼一本正經，不至於挨男人揍。」

然後她搖晃著肩膀笑了。

「你看那一家二樓。」

一件碎花連身裙掛在牆上的衣架，旁邊還有一頂點綴大朵玫瑰的女帽。

那是山文旅館的總店，是和洋樓連接、粗製濫造的日式建築二樓。

榻榻米中央的藤椅上坐著一個白人女子，膝上抱著約十歲大的女童。

「那是席格妮·林塔拉和蕾娜·林塔拉，芬蘭的歌手與舞者，她們在帝京座表演。」

這棟房子坐落之處離門可羅雀的香菸鋪不過三、四間房子。只有掛在牆上的衣裳是華麗的。那是她們寒酸的行李。

四十一

春子提到昔日的紅腰帶，但其實並不是那麼久以前。

胭脂色單層腰帶流行的那個夏天，各位應該還可輕易想起吧。女店員、電話接線生、流連夜市的老街女孩，那可是這些女孩特別愛用的腰帶。胭脂色透著不良少女的氣味。

當時，春子在淺草就是繫著紅色單層腰帶。還有個少女團體叫做「赤帶會」。沒想到紅腰帶在社會上大爲風行，對女孩們有著可怕的魅力。因此當時赤帶會不僅在淺草組織，連東京都內的幾個鬧區也設立起分會。腰纏赤帶——許多女孩只爲了綁紅腰帶就加入會員，不對，赤帶是一股社會風潮，不是赤帶會的特權。那只是跟隨流行而取的會名，誘使女孩們爭相加入。

諸位爲了家中子女著想，想必應該要對流行加以警惕。以諸位的聰明才智，或許會嘲笑赤帶會的女孩，但諸位可知道，光是淺草公園就有多少女孩天真上當受騙，又往往多麼輕易被人賣掉。

「到了秋天，赤帶會多半就解散了吧。總不可能永遠繫著單層腰帶。」之前我對春子說。

「對，所以很頭痛，還在考慮要不秋天就改繫黑帶。是黑色緞面的那種喔。」

恰巧當時淺草有個少年團體叫做「黑帶會」，這團體和赤帶會之間結成了幾對情侶。

「提議的應該是洗髮的阿糸吧。當然，我說的阿糸就是之前在日本館表演的色情舞蹈團成員，在新橋光腳穿低齒木屐的那種風騷大姊頭。其實她才十八、九歲，或許她很適合黑色綢緞腰帶，但不見得人人都適合啊。於是埋怨就來了，女人的團體不管到哪兒都一堆問題。像我這樣愚蠢的女人，早就明白女人靠缺點活著，到頭來才是最逍遙的。弓子與阿糸都該向我看齊才對。」

「謝謝妳上次介紹阿糸給我認識，但她說和我一起走在路上很危險，要我別那麼做。」

「你的確別和她一起走比較好。阿糸和紅團不一樣，以前看見她洗了頭髮後走在公園，大家都說肯定要掀起腥風血雨。正覺得好一陣子沒見到她，她居然搖身一變成了百貨公司的櫃姊。賺夠了錢又跑回來，這是肯定的，她會誘惑清純的櫃姊下海，就像老鴇一樣。」

淺草與百貨公司——春子這種想像，諸位認爲荒唐無稽嗎？

某個祕密會員組織以淺草爲大本營，在河對岸的本所新小梅設立總部。我雖知道會名，但是目前不便寫出來。女性會員據說多半是百貨公司的櫃姊，紅團成員甚至詳細告訴我是哪家百貨公司幾樓哪個賣場的櫃姊。我曾爲了看那些女孩專程去百貨公司，但我覺得她們太可憐，竟無法抬頭挺胸走到她們附近。這只是一個例子，但這個組織和阿糸無關。

諸位應該不至於不解世事到視此爲荒唐無稽的地步，事實上「淺草社會學」更加荒唐無稽。

比方說，信州的紡紗女工與淺草——這也讓我感到很驚訝。

「紡紗重鎭信州終於要崩潰了嗎？」

諸位肯定在七月十三、十四日的報紙上，看過這種大標題的報導。

下諏訪、岡谷、湊、川岸、湖南、上諏訪、宮川、玉川、永明等諏訪郡三百多家紡紗工廠，由於絲價暴跌全數停業。而且停業範圍從信州一帶逐漸擴展到靜岡、山梨，甚至全國各地。

已有將近十萬名女工失業了。

她們該何去何從？

回到鄉下或山裡的老家嗎？或是聯手與資本家對抗？然而，她們並非都是如此打算。

淺草有一群可疑的人口販子，似乎正要去迎接她們之中的一部分人。

發霉與歌舞秀

四十二

葫蘆池碧綠，沉淤的池水，到了夏天總像發霉般大量繁殖綠藻。從池岸走上略顯陰暗的小樹林就是廣場。此刻已經過了深夜兩點。長椅前，約二十人圍成一圈蹲著。湊近一看，是小螃蟹。他們伸出雙手抓著被線綁住的螃蟹，讓螃蟹互鬥。螃蟹已沾滿塵土發白，蟹鉗頹然垂落動也不動。一名白衣巡警也在旁邊瞧著，後來苦笑著離開了。

「喂！」穿羊駝呢料、戴假巴拿馬草帽的男人，杵在原地喊道：

「怎麼樣，找到工作了嗎？」

「是這樣的，先生。我大老遠去了芝浦碰運氣，可惜還是碰壁。我撿了這玩意回來，到了早上您看著吧，小孩會很高興的。」

「哼。」

圍成圈的男人一齊抬起頭，站著的男人流露些許得意神色，搧著扇子去巡視公園的長椅。今天這種時候，說不定會讓年輕刑警想對公園的老面孔搭話。可惜太多新來的流浪漢還不認識他。

「蒼蠅、臭蟲、病弱的貓、中暑的馬、男男女女，令人眼花撩亂的熱鬧酒吧與街頭的表演——這就是夏天。

夏天是一場特技表演，因爲夏天會發生各式各樣的事情。冬天人們多半躲在屋子裡；可夏天人們都在路上討生活。」

因此一到夏天，長椅和屋簷下成了天堂般的頂級臥榻。放眼日本全國，絕對找不出第二個像淺草的夏日大地這般擁有無數臥榻的露天旅館。

有人說：「撥算盤也絕對算不出流浪漢的數目。」

公家單位的統計多半靠不住。遇上區公所調查統計時，這些人事先就已察覺，立刻躲到別處。所以這露天旅館的房客到底是五百人抑或八百人，誰也計算不來。饒是如此，今年夏天似乎還是太多人了。

他們就像葫蘆池的水藻，到了夏天就突然出現，並且大量繁殖。饒是如此，今年夏天似乎還是繁殖太多了。

原因自然不消說。

連團十郎銅像的刀柄失竊一事，新聞記者不也歸咎於經濟不景氣嗎。

「缺食兒童」或「全家自殺」啦，各位想必已習慣了這類怪異的報導字眼。就像一九三〇年記者成天都在寫「不景氣」和「情色主義」這兩種主題的作文。

世間的不景氣已不再是聳動話題，於是又出現「不景氣不僅讓人哭泣，甚至餓死佛陀」這種標題，眞虧他們想得出來。報導內容是調查淺草觀音的香油錢。據說不景氣時參拜香客捐的錢反而更多，那固然是人之常情，不過已是去年的事了。今年據說金額驟減到令人皺眉的地步。

「往生者也寂寞」這種標題報導的卻是中元節贈禮及供品銷路不見起色。

淺草也是。倘若不信，不妨將年底大拍賣和中元節拍賣比較看看。仲見世商店街豎起大拍賣的牌樓，簷下搭起藍白格子的遮陽棚，遮陽棚下有朝顏花——說不定是午顏花或夕顏花，總之寒酸的人造花正綻放喇叭形花朶。但其他的商店街別說是笛子大鼓了，連店面裝飾都看不到。

五月三社祭時騎神馬的少女，到了六月就不得不賣身養家的例子，絲毫不足爲奇。

我之所以認識左撇子阿彥，也和不景氣有關。

因爲他敲詐我：「給我買件浴衣好嗎？」

四十三

七葉樹的青葉芬芳，巴黎香榭大道一帶瀰漫歌劇氣氛——戲劇化的女高音歐黛特·德爾蒂女士獨唱。

這是松竹座看板上的宣傳詞，公告七月第一週的表演節目。

第二週是：

如珍珠般的裸體所散發出的滿滿情慾——俄國舞蹈家瓦蓮娜·拉特聖柯女士一行人。

萬盛座主打的節目是塔瑪拉、米拉、瓦莉亞、露法——達尼雷夫斯基四姊妹的梅特羅舞蹈團，節目內容包括吉普賽舞、哥薩克舞、西班牙舞、爵士舞、美人魚。俄國女孩將以帶著甜膩外國腔的日語合唱「神田小調」和「當世銀座小調」。

帝京座的「混成舞蹈團」則有席格妮．林塔拉和蕾娜．林塔拉。

——芬蘭的歌手與舞者。

看板打出這樣的宣傳，母親席格妮演唱「新潟民謠」，年僅十歲的蕾娜頭戴花冠，身穿日本寬袖和服大跳「佐渡小調」。

可是緊接著又穿上黑色緞面西裝頭戴禮帽，一手拿著手杖女扮男裝，唱著：

——我是查理．卓別林

永遠快樂的小丑

……………

同時將卓別林的鴨子步和哥薩克舞混合起來熱舞。

七月的淺草各大劇場，沒人能像這名少女贏得如此熱烈的掌聲。

淺草大眾似乎對外國藝人格外親切，若是小童星就更沒話說。

蕾娜之後來觀眾席推銷她的明信片。她很美，讓我想起十年前的一名中國少女林金花。

諸位，請容我暫時沉溺於我的悲傷回憶。

「林金花來新宿表演嘍。」

那是今年正月初二，我因此特地去了新宿可悲的露天劇場。但林金花並未出現，那只是騙人的表演。說句題外話，當時一旁的劇場有「熊少女」表演，是今年春天出現在淺草仲見世後街的美麗熊少女。

就在那個熊少女表演場的位置，今半餐廳旁昔日是馬戲雜耍場，我以前就是在那個馬戲雜耍場看到林金花。

當時她和蕾娜一樣年僅十歲，少女表演神奇「特技雜耍」的纖細肢體猶如奇異昆蟲般美麗。那是高貴又憂鬱的昆蟲。她同樣來觀眾席推銷她的明信片。

沒想到前不久，出乎意料地睽違十年後又見到林金花。

「喂，走吧。她怎麼變得這麼醜，又矮又胖，那張猥瑣醜臉上的口紅真不像樣！」

左撇子阿彥目瞪口呆，扭頭望著我的背影，並沒有跟上來。那是在淺草的江川大盛座。

然後我又從七月在淺草所見格外美麗的瓦莉亞．達尼雷夫斯基的美腿，憶起安娜．魯波斯基。

可是諸位，既然提到回憶，不如順道一讀我在一九二三年寫的文章吧。

○秋雨綿綿的神樂坂，金龍館的歌劇當家花旦和她那同爲歌劇女演員的母親，兩人共撐一把傘走過。母親拿傘，女兒讓母親如傭人般隨行，卻是走得非常溫婉安靜。看著八成是舞臺或多半連家裡也失了火後無處可歸、一臉憔悴的女兒身上的洋裝及其母親，世人不滿這個女兒之餘，多半會對疼惜女兒的母親更有好感，就是這樣的母女。

○這個女兒——寫出來應該不至於造成她的困擾——就是最近因電影再次翻紅的相良愛子。

四十四

接下來也是我七年前所寫的文章，中間先略過不記。

○回到原來的話題。歌劇女演員共撐一把傘走過秋雨綿綿的神樂坂，是在大地震發生約莫十五天後。

那一刻，我想起四、五年前淺草的冬日細雨。

日本館因歌劇演出而興盛，當時連澤田柳吉[52]都在那個舞臺上彈奏過「月光曲」；有一團因革命流亡日本的俄國人也參加演出。

其中有岡・斯塔爾夫斯基夫人這樣的人物，如今應該在鶴見花月園演出的尼娜・帕布羅瓦也曾在該團跳舞。團員有安娜・魯波斯基、達尼葉・魯波斯基、伊斯拉耶爾・魯波斯基三姊弟，姊姊安娜十三、四歲，伊斯拉耶爾約莫十歲年紀。安娜看來高傲又美麗。

當時我還是一高[53]學生，與友人A等候安娜從後臺門口出來。魯波斯基三姊弟身旁有個衣衫襤褸的俄國老人陪同。安娜的外套雖合身卻顯得破舊，我對他們的貧窮既震驚又心痛。

他們一家四口佇立在御國座北邊的溜冰場前。安娜的脖子剛好到我肩膀，我低頭暗自欣賞她的肌膚。

52／澤田柳吉（一八八六～一九三六），鋼琴演奏家，據說是第一個向大眾舉行演奏會的日本鋼琴家。

53／第一高等學校的簡稱。現在的東京大學教養學部及千葉大學醫學部、藥學部的前身。

安娜沾了泥巴的鞋子不慎踩著旁邊中學生的腳，臉霎時一紅，嫣然微笑，那中學生也面紅耳赤。

之後四人去上野池之端，她父親老魯波斯基買了少許糖炒栗子。

他們走進御國座對面的寒酸小旅社。

我們仰望小旅社的二樓，A說：

「明天我要住進隔壁房間買安娜一晚，五十圓應該就夠了吧。」

過了一會下起雨。我們轉身打算去御國座的簷下躲雨，這時我略感驚訝，牆邊站著一個人，痴痴仰望安娜住的二樓。是剛才被她踩到腳的中學生。

安娜這女孩令我多年難忘。

有一陣子，我想以淺草公園為背景，寫一部奇妙的長篇小說，內容描寫藏前香菸工廠的女工、電影院女服務生、馬戲班的女孩和踩大球少女這些身分卑微的女子；其中，我尤其想將安娜和表演雜耍的中國少女林金花寫進去。

還有個外國人讓我覺得很可悲，那是今年從美國來的沃塔馬戲團團長。他曾在吾妻座的火場遺址架設三十公尺高的梯子，並從頂端跳下小水池。

也有個大塊頭女人從十五公尺高如海鷗般跳水，看起來真的像海鷗，身形很美。

團長與團員像日本人那樣以水代酒舉杯互敬後就登上梯子，在梯頂向星空獻上祈禱。站在下方的人都感受得到天空呼嘯而過的寒風。

團長猛然轉身，頭下腳上地後仰跳起，在空中緩緩後空翻一圈，落入水池時讓腳先入水。

團長表演這項特技的同時，態度卻顯得非常漠然，爬上梯子時始終吝於投給觀眾笑容，落水後也立刻三兩下划水上岸，之後頭也不回朝休息室走去。始終露出對這場演出興趣缺缺的憂鬱神情。

我們覺得這個團長很有意思，很想看團長從旁邊的十二層尖塔頂端跳下。

○

我曾經想寫一部奇妙的長篇小說。

諸位，十年後的現在，我終於如諸位所見寫出那篇小說了。

四十五

然而，若要稍微提及歌劇盛行時的回憶，老實說在諸位面前，我可是毫無顧慮。

當今淺草，不也有十年前的歌劇女演員靠著歌舞秀再次走紅嗎。

於是回到一九三〇年七月蕾娜．林塔拉等人的帝京座「混合舞蹈團」，我就算看到和洋混雜的「爵士日本舞」也不爲所動，可是豐年齋女海坊主與松山浪子的混合舞蹈「韁繩」，卻讓我吃驚得下巴都掉下來，深感「這玩意未免也混合得太過分了」。

那種「和洋爵士合奏」——浪子扮成穿水手服的藍眼珠的水兵，女海坊主扮演穿寬袖和服的日本姑娘，耍著白布做成的韁繩，比手畫腳大玩戀人遊戲，可是水兵跳的是西洋舞，姑娘跳的卻是日本舞。

就連六月在昭和座參與天勝劇團演出的澤茉麗諾[54]都趕上了「混合」風潮，表演十年前的舞蹈「搖籃曲」和「吉普賽生活」。可惜她一牽動臉上表情，就出現猴子似的皺紋。

相較之下，音羽座木村時子的演出大膽青春至極，連不良少女都瞠目驚嘆，「世上怎會有如此厚顏無恥的女人。」

54／澤茉麗諾（一八九〇～一九三三），日本舞蹈家，活躍於「淺草歌劇」時代。本名深澤千代，受義大利人羅西的薰陶，改名澤Morino，此處姑且音譯爲茉麗諾。當時與河合澄子並稱兩大舞蹈明星。

日本館是色情舞蹈團的第一次公演。

——性感女孩（It girl）的裸體亂舞。

諸位，看板上的宣傳文字就是這麼寫的呢。

東京館的北村猛夫、藤村梧朗，藤田豔子等人，白鳥歌舞團標榜的戲碼是：

——裸體進行曲。

——所有的演出都極富怪誕情色。

連抖著滿身愚蠢脂肪的河合澄子也回到日本館。

觀音劇場的澤薰也跳槽回淺草劇場，田谷力三和柳田貞一則是沉寂一時後重返舞臺。歌劇演員的清倉大拍賣到此也該夠了吧。

還有電氣館的派拉蒙秀第四回與第五回——這是六月的演出了，當時唯獨春野芳子的爵士舞和南榮子的查爾斯頓舞勉強稱得上一九三〇年的舞蹈。

但就連將表演「孤城落月」的女義太夫藝人趕走的初音館，都將看板宣傳詞換成「超時代的表演大會」。

那時世人眼中「所有的演出」都是「vaudeville」（歌舞輕喜劇）、「variety」（綜藝）或是「revue」（歌舞秀）。

而河合澄子舞蹈團演出的「唐人阿吉」和法國歌舞團的「親吻舞」，都因爲流於「色情舞蹈」，遭到有關單位的嚴厲譴責。

和春子並肩在路上被俄國女孩越過的隔天，我就將上述的淺草表演一一看了。

然而，

——因不堪生活艱苦

帝都內瘋子氾濫

各醫院全部客滿

輕症者只好陸續出院

這不是表演節目的宣傳詞，是大大刊於報紙上的標題。

左撇子阿彥

四十六

淺草的流浪漢多少都有點精神異常，淺草就是個大型瘋人院，但露宿街頭者不見得都是乞丐和遊民。無庸贅言，今年夏天湧入大批失業者。當然，乞丐與遊民也變多了。可是不景氣讓剩菜剩飯變少了，乞丐能討到的食物少了，公園長椅的數量也有限。而且這一帶多年來已有嚴格的地盤規矩，一旦觸犯規矩，不僅會被趕出淺草，甚至可能危及性命。話雖如此，猶如葫蘆池水藻大量繁殖的他們，堪稱面臨了「饑饉時代」。

我曾聽聞有些打零工的人從小旅社淪落露宿街頭，偶爾找到不錯的兼差賺點小錢，就去花街當奧客。戴著從不離身的頭盔，抽著香菸，剩下的錢拿去買煙火，回到公園就噼噼啪啪放起煙火。

「真虧他們想得出來。因爲是新來的吃不開，才想透過煙火博取人氣吧。等天一亮，又變回吃剩飯的乞丐。」

那些圍觀螃蟹打架的人，八成也是搶不到公園長椅的菜鳥。放眼望去，長椅都客滿了，一張長椅躺了三個人就沒位置了。

我悄悄朝黑暗的樹林走去，水泥拱橋上傳來交談聲。

「說什麼大話，就算要出門旅行，首先你有足夠的旅費嗎？」

「你眞是天生窮酸樣啊。有點志氣好嗎，我告訴你，信州那裡的女孩多得數不清，而且才十六歲，正愁走投無路，好騙得很。」

「找得到好看的傢伙過去嗎？」

「無所謂，換上西裝誰都能變得很稱頭。」

「服裝應該二、三十圓就夠了吧。」

「這工作就像賣假鈔一樣好賺，每人平均可以賺上一千圓。」

「喂，可別說出去。」

「好好做一票翻轉人生吧。」

我內心升起一股寒意，隨後悄然離去。

諸位，這些人不是遊民，是三個男人正在密謀派遣女工誘拐團前往失業者衆多的信州。

要是他們口中的賺錢機會只是做做白日夢也罷。問題是從他們素來的行徑和信州將近十萬名的失業女工看來，這是大有可能的陰謀。

所以信州的警察啊，你們與其鎮日戒備社運分子，倒不如趕緊逮捕這些惡徒。可用不著仔細思考也很清楚，這只是我的一廂情願。這丁點防範對她們的前途根本毫無幫助。我還是閉上嘴回頭說說公園裡的少女吧。

「那孩子啊，只知道很痛，根本不懂自己正在做的究竟是怎麼一回事。」左撇子阿彥一邊說著還一本正經微笑。

「你會買浴衣給我嗎？」

阿彥突然這麼說，我當下立刻面露不悅。

「婦女俱樂部浴衣『南國暮色』那一款，說是五線絽紗的料子比較好。」

「你要送給情人嗎？」

「嘖，小心挨揍喔。最好別小看我。我不曉得弓子那種人是怎麼和你交往的，但我可還沒老糊塗到連送給女人的浴衣都得向人勒索。」

「那不就是女人穿的浴衣嗎？」

「你怎麼還不明白。我是要送給一個十四歲的小女孩，本來只是開玩笑隨口說要送她浴衣，可是小孩當眞了，將我當成神明似地毫不懷疑，所以我不想騙她。她是妓女沒錯，就算一星期前才下海賣身，也同樣是妓女。但我沒那麼卑劣到送浴衣來引誘小女孩。我本來打算從玄關口——其實也算不上有玄關的豪宅——將浴衣丟進去就立刻走人。」

「你剛剛是怎麼說的？五線絽紗布料的『南國暮色』？」

「謝謝你，我也不是缺這三圓四十五錢，但反正不是什麼乾淨的錢，你的錢乾淨多了。請爽快地買下吧，我會讓你見那孩子。你只要將經過隨便寫篇文章，一晚就能買個十幾二十件浴衣吧。」

簡而言之，爲了白矢一家的復興而從新宿前來此地的「左撇子阿彥」，據說被陌生的車夫帶去嫖雛妓。

我去淺草的路上遇見堆滿黃菊、白菊、紅菊的貨車那天，是六月的事了。

阿彥就是在三社祭那天來到淺草。

聽聞一群危險人物也趁著「淺草知名血祭」三社祭的熱鬧，回到了淺草。

四十七

關上破舊的遮雨板，罩上不知是椅墊套或床單布，與隔壁三帖房間相鄰的那扇拉門上，玻璃也貼著黃色的紙，六帖房間內只有一座老舊的小鏡臺——這種房子的鏡子不知怎地多半是破的，衣架上還隨手扔了四、五件手巾布料做的女用浴衣。

阿彥枕著手肘閉上眼，一切靜悄悄的，焦躁不安上下樓梯的車夫讓他備覺可笑。明明是自己貿然闖入陌生人家，他卻像待在自己的祕密巢穴般感到安心。

時間過了十點半，說要去看電影的女孩還沒回來。

「八成是走路回來。女孩子本來就走得慢，而且這段路又稍遠了些。」

「肯定是去哪兒閒逛了吧。」

「她還是個孩子呢。既然是一個人出門，應該沒地方可去。」

「你冷靜點，就算女孩不在，我也沒怪你騙人。」

「我知道，但我就住後面，所以我知道她不是那種會晚上出門的孩子，況且她身上只有二十錢。」

「你家應該離『不二家』咖啡店很近吧？」

「先生，您對這附近很熟？」車夫精明地抬起頭。

「也沒有，但是和他們的當家女服務生也是老交情了。」

「這樣啊。」

「聽說她生了小孩後變得很憔悴，是眞的嗎？」

「我一點也沒注意到……」

「你從出了公園就帶著我繞遠路呢。經過水天六前面了吧？」

「那是什麼地方呢？」

「你不知道？就是和裁縫一家成了死對頭的扒手老大，現在兼差賣收音機這種時髦的行當，據說有個可愛的女兒，就和頭髮微鬈、梳著桃心髻的女兒相依爲命。這個叫做水天六次的老爹負責看店，由於最近剛出獄還很安分。我只知道他的長相，還是聽和六次老大關在一起的小流氓說的。據說公園的無賴四、五天前在電車上遇見六次，回去一看，褲子口袋多了四枚五十錢銅板，那傢伙很開心地說，老大果然寶刀未老。」

「她應該快回來了。」車夫說著又匆匆起身出去。

一個阿婆走上二樓，在阿彥面前放了一盒火柴。暗紅色的長臉，鼻頭上掛著老花眼鏡。

阿彥始終躺著。過了五分鐘，阿婆又上樓，送來廉價的藍色玻璃菸灰缸和雜誌。

「您一定很無聊吧？要不要吃點蜜豆，小孩子看的書您可能不愛看。」

是《少女俱樂部》，從正月號到六月號共六本。

他隨手翻閱畫報上女子的照片，隔壁三帖房間似乎有人醒了，阿彥起身坐正，可是無從窺看室內。

女孩終於回來了，車夫也一臉如釋重負地走上樓。

「喂，隔壁有人嗎？」

「沒事，就是一起住的女孩。我會叫她下去，所以不打緊。」

「還在睡的話要叫醒她嗎？」

「這種小事您別放在心上，我這就去喊她。」

這時女孩按照規矩端茶來，阿彥不禁目瞪口呆。女孩的造型讓人跌破眼鏡，圓袖浴衣露出小腿、水藍色腰帶、長度及肩的髮辮，簡直像個才從小學回家大喊「我回來了」的淘氣小蘿蔔頭。

少女俱樂部

四十八

少女似乎沒化過妝。第二次獨自上樓來時，已經不再紅著一張臉。但是當阿彥問她：

「電影好看嗎？妳去看了什麼片子？」

她卻像回答小學死黨那樣的口氣，站立的身子湊上前說：「好看喔，片名叫做『腕』。」

「是在帝國電影看的？」

「不是，是牧野電影。」

「啊，對，帝國的《腕》還沒上映。我等了足足超過一小時了。」

「是嗎？我去了三輪。」

「比淺草還遠？」

「不，很近。大哥，你穿這個。」她說著，從衣架取下印有大片牛車車輪圖案的浴衣，隨手扔到阿彥腳邊。

「你等一等。」

「好。妳每個月都看《少女俱樂部》？」

「對，從兩、三年前就訂閱了。」

「裡面有很多好看的浴衣。」

「很漂亮。」少女說著，膝蓋緊靠阿彥支肘躺臥的手肘。

那是「婦人俱樂部浴衣」的廣告。《少女俱樂部》六月號的夾頁廣告從雜誌裡長長地展開。

「給妳買一件吧？」

「眞的？」少女倏然發亮的臉孔讓阿彥嚇了一跳，看她的表情顯然以爲客人心血來潮要送她浴衣，壓根沒想到這只是個玩笑。她沒察覺這是騙人的，也不覺得奇怪。她根本沒察覺彼此的關係是嫖客與妓女。

「哪一件比較好？」她說著，突然專心盯著浴衣廣告，分明還是個小孩，也沒有道謝或顯得不好意思。

「待會妳再慢慢研究吧。」

「好，你等等我，我去蕎麥麵店。」少女說著，像小學生向玩伴喊話一樣，匆忙跑下樓梯。

阿彥的雙腳從腳踝以下露在外面，這是孩童用的被子。

隔壁三帖房間的女人這時悄然走出。樓下傳來吸麵條聲。

「妳也要去吃嗎？」

「對，有客人來的話，全家人就會吃蕎麥麵。」

「算是慶祝嗎？」

少女就像躺在手術臺上一樣愣怔看著阿彥。

「妳什麼時候從小學畢業的？」

「今年三月。」

「聽說妳十五歲，是眞的嗎？」

「不對，我十四。」

只見她瞪大了眼，明亮的目光向上，雙手打開一張紙舉在眼睛上方，爽快地大聲朗讀：

「……罹病後過於輕忽未及早發現，身體各處就會產生種種不適，不僅自己不幸，也將破壞家庭美滿甚至禍延子孫……」

「喂。」

「這應該可以永久保存吧。」

「什麼？」

「這上面寫著『本劑不會變質』。」

「這麼生僻的漢字妳也認識啊，不愧是從小學四年級就開始讀《少女俱樂部》。」

「我到現在都會去，淺草的，兒童圖書館……」她的聲音斷斷續續，額間擠出皺紋，神情呆滯。

他們很快就完事起身走到和服廣告前。

「妳喜歡哪一件？」

「我想想喔。我也不知道，我去問我媽。」

阿彥也下了樓，朝房間探頭一瞥，裡頭有三個女人，剛才出現的老太婆、瘦骨嶙峋年約三十的女人，還有個只穿紅色毛線衫與襯裙的年輕女人。年輕女人圓潤的身體很美。

四十九

又是題外話。我在淺草的藏前有個表妹，今年十四歲，念女校一年級。她有兩個小學同學據說加入了「紫團」，其中一人是知名喜劇演員的女兒。紫團這名稱——並非跟風模仿紅團的戲謔組織，是眞有其事。十四歲的表妹不知我寫了《淺草紅團》這本小說，也不清楚淺草紫團是做什麼的。但她說那兩個同學打從小學就「一直和男人通信喔」。

我表妹剛才來家裡找我，由於不能讓孩童獨自看家，這天只好帶著她去淺草赴約，還在電氣館的後臺休息室，和六、七個跳爵士舞的女孩拍了照。

「大表哥，那些照片會不會刊登在哪本書上？」後來這少女每次見到我都只關心這件事。

她說怕老師知道她去過淺草。除了參拜淺草觀音，她就讀的女校據說嚴禁學生去淺草。我也希望她是從未見識過淺草公園的大家閨秀，總之，說到十四歲的少女，我只認識她。因此我認爲阿彥的話很有道理。

「不管漂亮或不漂亮，就只是個黃毛丫頭。」

阿彥之前一邊等女孩，一邊瀏覽六本《少女俱樂部》的封面圖片，仔細鑑賞「不知淺草爲何物的大家閨秀們」的照片。

「那些女孩都很漂亮，擺出魅惑的姿態拍了照，但她可不是那樣喔。淺草到吉原一帶的小姑娘都相當早熟，但她還不到那種地步。」

她從沒遇過男人主動說要買東西給她，不懂如何處理這種場面。她並不是將男人的玩笑當眞，而是全然沒想過兩者的區別。

「我去問我媽。」她說著，渾然忘了自己正在接客，興沖沖起身離去的率眞讓左撇子阿彥很驚訝。

樓下的大人們該不會將她臭罵一頓吧。

但少女拎著摺頁廣告外露的雜誌一跑上樓就說：

「他們說『南國暮色』這一款很適合我。」

「我瞧瞧。是曼珠沙華的圖案啊，的確很適合大家閨秀。」

「是姊姊幫我選的。」

「妳說的姊姊，是那個穿紅衣服的人嗎？」

「對，就是她。她是我哥的太太。」

「那妳哥呢？」

「他去北海道工作了。還有另一個，那個才是我的姊姊。」

「材質好像有眞岡的布料，也有五線紹紗的布料，妳喜歡哪一種？」

「什麼是眞岡的布料？」

「不曉得，類似比較柔軟的手巾質地吧。」

「紹紗的比較好嗎？」少女頭一次因猶豫不決而沉下臉，似乎現在才盤算起來。

「但是，妳這裡要是沒人詳細指引還眞不好找。」

「是啊，那我畫個地圖給你。畫在這兒好嗎？」她說著，撿起方才盯著瞧的紙，一邊舔著鉛筆說：

「這裡是龍泉寺的公車站牌，這邊是淺草，這邊是三輪，你看得懂吧？」

她最後寫上地址和門牌上的母親姓名。

少女和母親一起送我離開。她很快又從樓下房間的紙門探出頭。

「你下次什麼時候來？明天？後天？」這舉動分明又像是老練的妓女。

松旭齋天勝[55]

五十

我被左撇子阿彥敲詐了那件與謝野晶子老師設計的「南國暮色」浴衣，就在那隔天，我記得是梅雨季的第三天。「婦人俱樂部浴衣」的絽紗布料，據說淺草的和服店還沒進貨。

「沒辦法，只好選眞岡了，一反[56]的價格分別是三圓四十五錢和二圓四十錢，可我不想讓人以爲我連那一圓都想省。再買一件吧。」

「『淺草紅團』這種『文藝春秋浴衣』如何？」

「多少錢？」

「二圓三十錢。」

「一圓的就好。」

「今晚就要送過去嗎？」

55／松旭齋天勝（一八八六～一九四四），明治後半至昭和初期活躍於演藝界的知名女魔術師。

56／「反」是日本常用的布料面積單位，一反約九九〇平方公尺。

「你當我是什麼人了，只不過區區一、兩件浴衣。我明早才要出門，像郵差送信那樣扔進她家就回來，不會再去了。」

翌晨炎熱如盛夏。

少女家的前後門敞開。其實倒也沒有前後門之分，這房子根本沒玄關，前門旁就是邊門，老太婆一邊擦手一邊從邊門走出來。樓下也有三帖和六帖房間，對面的六帖房間內，少女正獨自端坐著縫製浴衣，她的側臉被南邊的陽光照亮。這是個安詳的家常上午。

「請叫那孩子過來。」

少女一本正經地起身走來。

「這給妳……」他將裝浴衣的紙包遞過去，阿彥從未見過如此歡喜的表情。少女的臉上驀然綻放光彩。

「絽紗的還沒上市，我覺得不好意思，這才多買了一件。」

「是嗎。」她只撂下這句，就跑進屋對母親說了什麼，將紙包放到舊衣櫃上方，然後又回到針線活前坐下。

「眞的很謝謝您。」換成她母親出面。

「請進來坐著休息，擦擦汗吧。」

「不了，能否給我一杯水？」

她母親一邊送上水杯一邊喊著：

「妳也先停下吧。」

「好，再縫上半邊袖子就好，媽。」

「您進屋涼快一下吧。」

「不必了，再見。」

少女停下針線活，目不轉睛往這邊看來高聲說：

「你要走了？過兩、三天再過來喔。」

「您別客氣進來坐嘛。」

「不了。」

「這樣啊。妳過來。」

被母親一喊，少女起身走來。阿彥不經意瞥見她的眼眶裡含著淚水，不禁脫口而出：

「我帶妳去看電影吧？」

「眞的？你等等我。我去換衣服。」少女說著，隨即抓著腰帶跑向裡屋。

「看來我也是瘋了，居然拐騙小女孩。」阿彥輕笑著說。

「妳不要自己一個人，找個人一起吧。」

「哦？那找姊姊可以嗎？」少女從樓梯下方朝二樓喊話：「姊！」

五十一

1，名曲選粹．音樂大合奏；2，故事劇「畫筆之魂」；3，音樂喜劇；4，剛上演的大魔術；5，海洋舞；6，短劇——A「結伴同遊」、B「臥鋪車」；7，牛仔舞；8，短劇——C「謊言」、D「釣竿女孩」；9，英國薔薇戰爭悲劇．魔術化「大砲」；10，新舞蹈「五大佳節」五景：A「正月新年」、B「女兒節」、C「端午節」、D「七夕」、E「重陽節」；11，空中大冒險特技；12，幽默新魔術「埃及樂園」。以上是松旭齋天勝劇團的演出節目。

劇團於六月七日頭一次在昭和座演出，就在新築地劇團於五月底爲了說明「爲什麼我們進軍淺草」演出「什麼原因致使她如此」及「筑波祕譚」之後。

諸位——

寫著ＩＴ（性魅力）的旗幟在七月的風中翻飛。這是觀音劇場。

日本館取了「色情舞蹈團」這個絕妙的名字後，連松竹座都大肆標榜起「舞蹈情色」，隨處可見看板上寫著「情色」兩字的宣傳文案。但這類異國風情的詞彙還算是好的，倘若收集近來淺草「唬人表演」的看板廣告詞，簡直就像色情狂的記事本。諸位若不信，不妨在傍晚去池之端的劇場後巷走一走。據說這條後巷連大白天也會出現勒索之徒，但同時也是「情色女王們」的後臺出口。她們常會出來乘涼。這下子諸位應該能理解我所謂「達尼雷夫斯基姊妹很美」其實是受到夜色月光的蠱惑吧，她們的腿分明比日本人還黝黑。

話說回來，天勝劇團的節目可比那些「唬人表演」氣派多了。魔術道具是耀眼的裝飾，年輕舞孃對客人露出的表情帶有精緻的美感。但年紀應該已經可以抱孫子的天勝居然扮成女學生，無論在哪一幕出現都氣勢凌人。松岡亨利的空中特技很精采，難得的是澤茉麗諾也出場跳舞。但最讓左撇子阿彥驚訝的還是他們從舞臺上朝觀眾席拋去各種物品。在「畫筆之魂」扮演畫家的澤茉麗諾，以棒球投手的姿態一口氣朝二樓包廂和一樓大廳的觀眾扔出三、四十袋紅豆麵包。

「淺草廣小路的藤屋麵包最好吃。」之前還有這麼一句臺詞，原來是替麵包店打廣告。

表演魔術時，男助手從舞臺上丟出數百張印有天勝照片的撲克牌，這些撲克牌如尖銳的蝴蝶凌厲飛往大廳後方。照片旁還印有化妝品廣告。

也丟了森永牌的牛奶糖和口哨糖。

松岡亨利丟的是蘋果。

每一次觀眾席都會掀起一陣鼓譟。因爲觀眾多半攜家帶眷，場內孩童相當多。

阿彥身旁的少女每一次都站上椅子高舉雙手，所以必然會丟向她，她姊姊膝上已經堆滿小禮物。少女直到回家的路上仍興奮不已。

阿彥和她們道別之後，立刻來找我。

「我第一次看魔術表演，那就像愚蠢的美夢，你明天也應該去看看。話說回來，她姊姊哭哭啼啼的——簡言之是不忍看到小姑說今天接客很痛或不痛云云所以情願代替。不過她母親可不容許兒媳婦這麼做。至於她丈夫，我猜八成被出賣關進了北海道的監獄，所以今天才會同意任我擺布。其實只要她回去說已經變成這種關係，既然木已成舟，她母親想必也會同意。但我眞的受不了牽扯這種人情，也從未被這樣看扁過。對了，你要不要去試試，就當是做點功德。白皙圓潤的女人抱起來也別有一番滋味喔。」

河堤阿金

五十二

這個有七十幾次前科紀錄的女人，本是牛込橫寺町的武士家千金，最後卻潦倒死在淺草公園的淡島祠堂後方。

說到淺草的名女人「河堤阿金」，想必不少讀者會立刻想起她喝醉的樣子：哎呀，是那個女人吧？總是在人群中仰天倒下破口大罵的老太婆。

比方說，要是讓淺草本地人觀賞最近的表演，他們會笑著說：

「記得是日俄戰爭吧，當時有個節目叫做『海女潛水』，看過都會覺得穿泳裝跳舞已經很高雅了。」

她們的舞臺就是個大水桶，裡頭種植海草，貝殼在深深的水底閃爍光芒；戴著蛙鏡只穿了紅色襯裙的海女在水中甩動頭髮，猶如浮世繪師歌麿描繪的採鮑女，拾取水底的貝殼。那就是水中舞蹈。連當家花旦「人魚阿松」都會登場。

不過，用不著聽本地人口中這類舊聞，河堤阿金死於六十二歲，是比那種穿肉色內衣踩大球的女孩自淺草消失更晚之後的事了。

本該從明治十七年興建卻遲未落成的雷門——這座淺草的大門，因爲廢紙批發店的阿銀姑娘而燒燬了。若真要追憶往事，淺草女人的歷史簡直言之不盡。

水茶屋57從兩百年前出現了倒茶女，其次是牙籤店58，還有楊弓屋替人取箭的女人。時代來到明治之後，出現了第一代銘酒屋59，然後是報紙閱覽室的女人、圍棋會所的女人、麥飯屋60的女人、射擊店的女人。十二層高樓底下的銘酒屋開店時，時代已是大正，出現了「大正藝伎」。然後大地震發生，這些女人連同十二層高樓一起消失。

然而嘉永年間，出入輪王寺宮的植木師森田六三郎獲得御賜庭園，那就是今日淺草遊樂場所中歷史最悠久的花屋敷，不知是否因此迄今仍有傀儡戲、山雀特技之類的表演，也讓人稍微想起知名人偶師安本龜八的菊花人偶盛行一時栩栩如生的人偶戲等等，都是昔日懷念的節目。

——花屋敷　納涼　日夜開園　戲劇　山雀　傀儡戲　演藝及歌舞

各位，這就是「電子走馬燈新聞」。同樣以電子花燈勾勒出來的大象與猴子圖案，拖曳

57／江戶時代在路旁或神社寺院境內提供茶水讓人歇腳的茶屋。

58／江戶時代在淺草寺境內賣牙籤與染齒用品的店家，店內也有暗娼賣春。

59／掛出「銘酒」的招牌賣酒，私下讓私娼在店後賣春。

60／小飯館，供應的麥飯上澆淋山藥泥。

著這些文字走過入口大門上方。以霓虹燈裝飾門口的劇場愈來愈多，但花屋敷的電子走馬燈在一九三〇年夏天的淺草絕對是獨領風騷。

最爲古典的花屋敷都變成這番光景了，肯定也有類似「電子走馬燈新聞」的女人取代往昔消失的女人現身淺草。那種女人，稍後我再爲諸位介紹。

但要是諸位因此將我看成昔日的「不良文人」、蜀山人大田南畝之流，那我也深感遺憾。

——銀杏稻荷問於笠森稻荷曰　蓋聞君地有阿仙者　孰與吾家阿藤

這是蜀山人寫的〈阿仙阿藤優劣辨〉。

當代對歌舞秀中舞孃品頭論足的文人，比方說出入水族館的文人就被盤據淺草咖啡廳及牛奶冷飲店的青年稱爲「不良文人」。

總之，與笠森阿仙爭豔的阿藤，就是第二代瀨川路考在市村座扮演阿藤時，一身濃茶色衣裳而讓「路考茶」這個名詞流行的那個阿藤。她是牙籤商人本柳屋仁平治的女兒，店面位於觀音堂後方的雙生銀杏下，沿街叫賣的小販也將她的事跡編成歌來唱。當然，她的錦[61]也大受歡迎。

這類畫像就等於現代演員的沙龍照，同樣也以美貌出名的田原町廢紙批發商女兒阿銀，

61／浮世繪的一種，十八世紀鈴木春信等浮世繪師與俳句詩人所研擬出的木版多色印刷，讓畫作呈現如織錦般的視覺感與色彩表現。

也被人畫過一張畫。本所三笠町千石武士家的次子岸上良太郎看了她的畫像後相思成狂，竟從阿銀的未婚夫新吉手裡將她橫刀奪愛。婚禮當晚新吉放了一把火將雷門燒燬了。

那是一八六五年的慶應元年，是明治已迫近跟前的時代，但對廢紙批發店的父女而言，將軍麾下直系武士的身分肯定仍綻放耀眼的魅力。河堤阿金原本也是武士家的姑娘。

五十三

阿金十六歲那年被賣到川越做酒女。幕府武士到了明治維新後變得落魄，於是阿金從川越展開她四處飄零的生涯。到了明治三十年上下，她三十一歲這年回到東京，棲身吉原河堤的酒館。後因酒醉鬧事，加上前科累累，「河堤阿金」的名聲日漸響亮。

然而年近五十，她只能當街拉客，四處投宿小旅社。等到她快六十歲時，已淪落到躲在暗處當流鶯，在泥土上打滾討生活。從「室內」轉戰「戶外」，對象多半是流浪漢。直至六十二歲潦倒死去，對她而言好歹算是光榮的死去。因爲她至死都靠女人的本錢養活自己；

因爲她沒有淪落成乞丐；因爲她喝醉了就神氣活現地與人對罵。

她的客人不僅是流浪漢，還是最底層的流浪漢。但他們並沒有到處流浪，他們活像個風化的人像，從早到晚坐在同一張長椅上，隔天還是坐在那裡，也難怪會風化。但諸位可曾想起明哥兒說過的話？

「懂了嗎？那也是其中一個男人頭阿某，也就是淺草最卑賤的人物。還能跑已算是這女人的福氣了，流浪漢還跑不動呢。」

已然風化的他們從不開口，就在鬧區歡場的中心沉默度日。

「洋鬼子不是有個名詞叫做『lady bird』嗎？」

某天早上弓子在公園這麼說了。

「雷迪．波德？」

「意思是瓢蟲[62]啦，字面直譯是淑女鳥，中國叫做紅娘。女人要是連在陽光下都得一大早化妝，那就快完蛋了。」

兩個年輕女人坐在圍繞樹叢的鐵鍊上，對著粉盒一大早就在化妝，腰帶後方皺巴巴的，沾有夜晚的泥土。

某個賣吃的攤販在公廁洗手臺的水龍頭接上橡皮水管，正在汲取飲用水。

62／瓢蟲（天道虫）因其向上飛的習性，日本人普遍認爲是朝「天道」（太陽）飛而得名，所以文中的弓子才有此聯想。

兩、三隻野鼠啃咬露宿者從長椅垂落的腳上那隻破舊的橡膠鞋。淺草的早晨最令我驚訝的就是這種老鼠，我在昆蟲館後方見過牠們。

兩個女人化好妝就走了，昨晚顯然是「打野戰」。

茶館、牙籤店、楊弓店、報紙閱覽室——藏身在這些行業之下是另一種行業，各位肯定聽過：暗娼、賣便當[63]、宣教比丘尼[64]、流鶯，還有現今的豪放女。她們是無家阿勝、閃電阿玉、傻子阿幸、斜眼阿久……像這樣將名字留下白紙黑字紀錄的賣春女固然很多，但河堤阿金既非短髮阿好那樣的乞丐孩子，亦非笨蛋阿清那樣天生智能不足，正因如此，成了淪落到女人最底層的典型例子。

說到這裡，比阿金早兩年下海賺錢的那個龍泉寺少女下場又如何呢？

還有，諸位都知道弓子的姊姊千代就是「光天化日之下一大早化妝的女人」。

63／表面上拎著便當盒四處賣吃的，實際上是下等妓女。

64／本是佛教僧侶為解救大眾去街頭宣教，後來墮落成賣春婦。

德國狼犬

五十四

彷彿鋪滿鉛板的柏油路面染成淺粉色微微發亮，尚未睡醒的街頭散落的紅色異樣鮮明地浮現，電車聲清晰傳來，這是清晨五點。

粉色朝陽染紅的言問橋上，留有昨晚被人撒尿的斑駁痕跡。但是隅田公園就像大地繪成的設計圖一樣，形成不帶裝飾且予人純淨感的「H」。也就是在向島堤和淺草河岸這兩條直線中間，由言問橋所連接。

隅田川的河水在日光照射下泛著金黃，陰影處則是泥土色。橋上除了纖細齒梳似的欄杆和鉛筆形燈柱之外，不見任何鋼骨構造，因此看起來就像一塊牢固又單純的鐵板，線條俐落明朗。儘管筑波群山、甚至富士山的晴日罕見，但是站在橋上，關東平野的遼闊無垠便鋪展而來。

橋身長一五八．五〇公尺。徐緩的弧線隆起，隅田川新的六大橋之中，若說清洲橋是曲線之美，那麼言問橋就是直線之美。若將清洲橋喻爲女性，言問橋就是男性。

阿夏讓臉頰貼在鐵欄杆上。

「哇，好冷。」

她總是濃妝豔抹，但這年方十六的女孩有個舔脣的習慣，所以濃豔的口紅經常暈染到嘴脣外，男人往往因此掉以輕心上了鉤。

當然今早的口紅依然保持昨晚暈染的模樣。

「橋上有霧呢，小不點，遠看就很明顯還在起霧。」

「是嗎。」

「好想睡覺。」

「能不能今晚起拿繩子之類的東西將千代和妳的身體綁在一起睡？」

「我臉上沾了霧氣。」

右臉頰的白粉似乎被霧氣沾溼變得斑駁。

撿破爛的貨車從本所去淺草，計程車載著桔梗色外套的女人從本所去淺草，收攤後的拉麵攤老闆從淺草去本所，青年棒球隊從本所去淺草，馬拉松選手從淺草去本所，又有一個撿破爛的從本所去淺草，穿著白紗般隱約可見身材曲線的洋裝女子光腳踩著木屐從淺草去本所；女人眼看天亮了怕丟人所以走得很快，但她爲何要穿這種形同裸體的薄紗教人完全想不透。還有三、四個工人經過，只是時間還早，路上連空計程車都沒有。

「除夕夜的霧好大。弓子就是靠濃霧撿回一條命。」

「喲。」船小子雙手拎著木底草鞋，站到了橋欄杆上。

他像高空走鋼索般小碎步前行，欄杆約在成年人的胸部高度，寬度則有大拇指和小指張開那麼寬。

「嘖，別瞧不起人。」阿夏一溜煙跑了。

據說一名少年從洲崎塡海新生地的垃圾焚化廠的大煙囪頂端，偷走了白金避雷針。

也聽說有少年盤據在淺草的五重塔上。

偷走團十郎銅像刀柄的也是少年。

撇開這些特技不談，好比葫蘆池東岸，花屋敷前的假山利用山腹挖空建成公廁，那個水泥屋頂花園，既可乘涼同時也是臥榻，但欄杆還是和言問橋差不多寬度。各位可曾見過男人仰臥在那欄杆上睡覺？身體露出欄杆兩側，雙腿也從兩側垂掛在半空。

我看過兩、三個小孩走在言問橋的欄杆上，每次都是早晨。

「這下子總算清醒了。」船小子走下通往隅田公園的階梯後，猛然跑向橋下，使盡丹田的力氣不斷吶喊：

「混蛋！混蛋！混蛋！」

那也是鋼鐵的回聲。

五十五

——本公園尚在施工，尤其草皮正在保養，請注意不要踩踏。

開放時間：上午八點至晚間七點。

阿夏在水戶屋遺跡的入口告示牌前等候。

乞丐們從橋下的長椅抬起頭，鋼鐵的回聲打攪了他們睡眠。

鐵製屋頂與水泥牆壁被河風吹透，這裡只適合夏天來睡覺。就在不久前的七月中旬，乞丐們辦了一場奇妙慶典，諸位想必都看到報紙的報導了。

敲打舊水桶，將破布當旗幟揮舞，酒醉的乞丐們又唱又跳。據說那是他們半自暴自棄的祈禱儀式，祈求這討不到剩菜剩飯的不景氣社會能夠稍微振興。

「不管別人怎麼說，我只是個熟知徘徊淺草奧山的野狗群大哥，曉得哪隻花狗和哪隻白狗是一對，哪隻紅狗在葫蘆池畔給哪隻黑狗吃了一記肘擊。」說出這番話的淺草通──作家佐藤八郎，出席「東京獵奇座談會」時一開口便說：

「不良少年也快混不下去了。」

不知是否因此「勢力」愈發衰微，據說近來流行由美貌少女當團長。

船小子就像喜歡聽鋼鐵回聲的孩子般大吼，察覺到驚醒乞丐們後似乎大吃一驚，這才慌忙逃離。

「混蛋！混蛋！」

水戶大屋遺址是整片遼闊的綠意，花卉只有少許夾竹桃。這是個中央雖有日式林泉、一旁卻是碧綠西式草坪的早晨。

「看吧，果然有大霧。」

一片綠油油的上方流動著一片白，清爽得足以濯足。公園八點開放，但附近居民牽著孩子或狗，一起床就來散步。

落葉松圍繞的半圓形草坪上坐著一個女孩與德國狼犬。彷彿外國人描繪的日本，女孩衣衫不整，和整齊清潔的風景很不搭調。

狗飛奔而來，伸出腳搭在阿夏肩上。

「特斯，特斯，是嗎？早知道你也在的話，我就不用特地來接人了。」她說著撫摸狗嘴周圍。牠身上的毛很冷，阿夏的手沾染上血。

「哎呀！」她以犀利的眼神快速望向女孩。

「千代，特斯這是怎麼了？」

「對，牠打架了。」千代笑著說。

「和別的狗？」

「和像乞丐的人。」

「和人打架？」

「哎喲，妳說人？乞丐能當成人嗎？」

「別開玩笑了，千代，妳就算瘋了好歹也是個女人，最好小心點。」阿夏讓千代站起來，仔細打量後又問：

「霧氣都快讓這件浴衣溼透了。昨晚霧很大，妳就睡在這裡？」

「不是這裡。」

「那妳睡在哪？」

千代默默邁步。

「特斯是不是咬了那個像乞丐的傢伙？」

「是愛漂亮的三吉嗎？」船小子在吹口哨的空檔說。

「你說的三吉，是那個每次都在觀音菩薩後面的噴水池洗澡的傢伙？」

「妳不知道？他老是跟在千代屁股後頭如影隨形。就像以前對阿蝶歡呼，那傢伙現在啊，在淺草四處唱著『千代三吉，三吉千代』走來走去呢。」

乳白的朝霧從草皮淡去。鮮豔的碧綠從地面浮現。

千代穿著魚鱗圖案的浴衣，時髦的白底博多單層腰帶，是清新脫俗的老街風情，可是身體卻已沾上新的汙垢。那是流浪漢的土腥味。不分日夜，只要一不留神，她就跑到公園去。

「就在那裡喔。」就在柏油路要通往河岸處，她指著成排松樹樹蔭下的長椅。

「那裡？哦，妳說昨晚？妳一個人睡在那裡？」

「一共來了四個人。三個男人，都被特斯咬了。」千代滿不在乎地說。

五十六

華盛頓的波多馬克河、倫敦的泰晤士河、巴黎的塞納河、布達佩斯的多瑙河、慕尼黑的伊薩爾河，即便與世界各大都市的河岸公園相比，在水量與景觀之開闊，以及河邊成排櫻樹的風景上都毫不遜色的隅田公園，令復興局與庭園協會深感自豪。占地五萬六千八百七十二坪，向島這一側就長達一千一百七十公尺。阿夏等人正好在南端東武鐵道的鐵橋旁眺望河上，但言問橋上晨光朦朧，是溼亮的柏油路面。

河流、柳堤、步道、櫻樹、步道、櫻樹、車道、櫻樹、步道、櫻樹——這是平面圖，櫻樹在長方形草坪上形成四列縱隊，柳堤上也是草坪。

「難怪有海水味，原來是因爲這種東西。」

「什麼『這種東西』？」

船小子看不懂「內務省向島驗潮所」這行字。

對面的淺草河岸，或許因爲是星期天，從吾妻橋邊到橋場擠滿穿白色制服的人，而且各自架起網子，他們正在比賽業餘棒球。

船小子和狗拔腿就跑，阿夏在後面喊狗，小不點也在喊。狗畫出大S型在柏油路面四處奔跑之際，千代在長椅上打起瞌睡。

「報紙，報紙，要不要買附求職徵才廣告的早報！」這時報童應該已在淺草公園的長椅旁四處兜售了。

這時應該也有很多穿白色制服的巡警四處盤問露宿者。

想必也有少年邊揉著眼，說明男伴的身分：

「他是軍人。」

警察雖一臉不耐地搖著臂膀，旁邊的男人還是遲遲不起，朦朧睜開眼後才聽得巡警說：

「隨我過來。」

男人慌忙從後面的樹叢撿起陸軍軍帽和上衣，拎著軍用個人物品袋，偕少年一同前往派出所。露宿的常客對此司空見慣，正眼都懶得瞧。

仲見世這時多半已有跑江湖的攤商，趁著兩旁的商店未開張，從那些早上來參拜的香客身上賺點小錢。

地圖、空氣枕、小老鼠、習字寶典、香水、菸斗、襪子、掃帚、黏土面具、十二干支的腰部掛飾、假領、活的小烏龜、任選兩樣十五錢的雜貨、童裝、新葫蘆乾、石頭擺飾、木屐鞋鼻、柚子、帶根的睡蓮、緞帶、小型灑水車、插花臺、扇子、髮簪、橡膠娃娃、蘇鐵樹苗、手帕、新鮮小魚乾、裙子、戒指、蒸烤蝮蛇、細繩、附計算機的記事本、舊書、會叫的昆蟲、防著涼的幼兒睡衣、鏡子、運勢黃曆、毛筆、切花、帽子、桐木小盒子、樹苗、長褲吊帶、襯衫、木屐、錢包、老鸛草——這是七月的某個早晨，我所見到的仲見世攤販。言問橋上應該也出現了販賣一杯兩錢、三杯五錢的冰咖啡，以及吊襪帶、梨子、洗帽子、五子棋、將棋拼圖、切片西瓜的商販。

但是只有狗依然保持大清早的朝氣，而阿夏和船小子都一臉睏倦。

這是駒田受弓子之托，從他叔叔家偷來的狗。弓子爲了千代特地訓練過那隻小狗。這個駒田，就是之前從地下鐵尖塔拿望遠鏡監視紅丸號的男人，是阿春的情人。說到這裡，必須先稍微解釋阿春的身分好讓各位理解。

原本在千葉縣船形地區的旅館當女服務生，年方十五、六的阿春，當時最大的心願就是去東京的藝伎街做美髮師。有個來避暑的客人說要替她安排，並非空口白話，她存起來當旅費的錢雖被統統捲走了，卻眞的送她去淺草的美髮店當梳頭助手。就在現在昭和座劇場旁邊巷子的鳥獸店附近。

但鄉下姑娘自然無法得知，不知不覺中自己又被一個男人轉賣給另一個男人。

彈音街

五十七

「親切大嬸的攻勢」——這是常見模式。

大嬸雖是初來乍到的客人，說話卻很海派，在四、五個梳頭助手中，唯獨對阿春另眼相看，還問她是不是房州人。大嬸說聽阿春說話時的腔調就知道。

「我去過房州，還在船形待了一個夏天。」

「眞的？」

「哎喲，小春家在那附近嗎？沒有啦，我可不是那種避暑的有錢人，是我妹妹的小孩去游泳，我就是去當個保母。」

兩人在澡堂接二連三相遇。大嬸一邊讚美她白皙的肌膚，一邊拿米糠袋替她擦洗黝黑的脖子，洗完澡出來就一起去喝紅豆湯，還悄悄送她戲票。她去了戲院，不知幾時發現大嬸就坐在她旁邊，帶著年輕男人，據說是租下她家二樓的大學生。

「要是我能拿到更多票就好了，雖然我對妳多了幾分偏愛，可每次都只給妳一人，會讓妳遭到其他助手嫉恨。下次妳休假時，不妨來我家玩吧。」

「嗯，可是……」

「不打緊的。哎，瞧我說的，妳還不知道我家在哪裡吧？今天回去時我告訴妳，妳就來我家坐坐吧？」

大嬸的家在駒形。

她爲什麼特意從駒形來公園的澡堂？阿春要是當時能早點察覺就好了。

阿春被大嬸帶進客廳。大嬸當著大學生的面，談論大學生光明的未來，大學生看似困窘羞紅了臉。然而，阿春只是個生平最大心願就是當美髮師的鄉下旅館服務生，花團錦簇的美夢誘惑不了她，她很快就回去了。但是下一次休假，她果眞前來邀大嬸看戲。

過了一個月後的某天，晚間九點多，大嬸抱著滿懷的大紙包來店裡做頭髮。

「我正要去上野找親戚，但是仔細想想可能很晚才能到家，所以先買好了東西，弄得大包小包的。」

「您就先寄放在我這兒吧。」

「謝謝。我想省下車錢，待會能不能麻煩妳跑一趟，替我送回家。」

「沒問題。」

翌晨，她在大嬸家二樓醒來，發現自己渾身赤裸躺在床上。她吃驚地摸索腰部，果然是赤裸的。沒看到男人。她跳起來開燈，鏡中是雪白的裸體。她掀起被子一看，昨晚的床單也不見了。她打開壁櫥，是空的。她全身上下的衣物連一條腰繩都找不到了。她慌忙鑽進被子，害怕碰到自己裸體的羞恥，令她曲起膝蓋縮成一團不停顫抖，絲毫未覺自己正在哭泣。

但就這樣待著也不是辦法。她又起身，再度感到不知所措。她在鏡臺前坐下，注視鏡中的裸體，反而讓她冷靜下來。眼前的裸體不知怎地看來有股異樣感，甚至讓她驀然停止哭泣。她悄悄探頭往樓下窺視後，在鏡子前轉起圈來，定定望著赤裸的自己。之後，她再次窺視樓下，爬回來後凝視著鏡中女人奇怪的模樣。趴倒側臥後，她想哭，卻笑了出來。另一個女人誕生了。

赤裸的阿春就在這二樓的被褥中待了五天。

五十八

一，營業時間僅限日出至十二點。

二，就算是常客，一旦發現酒醉，照樣謝絕遊戲。

三，不得強拉路人進入。

四，不得擾亂公共秩序風俗。

五，除店主及店員外，不得進入槍臺內。

六，因應有關當局規定，不接受招待券及賀禮。

這是射擊店在槍臺旁張貼的規則，就像新年掛的稻草繩裝飾，正面懸掛一排敷島香菸的「剪紙」，下方是雙層架子，上層是敷島和蝙蝠牌香菸，下層擺放人偶和零食。隔著約兩公尺的木頭地板是槍臺，槍臺上有塗漆的彈匣和玩具槍，壁面裝飾如戲劇舞臺布景，槍臺旁掛著鏡子，這間店從往昔到今日都是這番光景。梳銀杏髻的女人說：

「就算遊戲早就落伍了，事到如今也不可能改成麻將館。那也只是短暫的流行，咱們這才是悠久的傳統生意。」

「妳才應該先改變身上的流行吧，好歹將桃心髻剪成現代化的短髮。」雖然很想這樣反脣相譏，可是公園劇場及電氣館、淺草劇場後方，即淺草六區一號與二號後方櫛比鱗次的那區才是眞正的射擊店；其次是六區的西側、東京館後方及淺草演藝工會旁；還有一處，此處很冷清，緊挨著花屋敷後方圍牆，如今剩不到四十戶，阿春就是穿著洋裝出現在這條「彈音街」。來自大嬸家二樓空無一物的床鋪，射擊店是她淺草生涯的起點。

那是還有地痞「磨練手藝」的時代，是射擊競技賽盛行的時代，連打一百次或一百五十次的客人也不在少數，許多人得聽著子彈聲才睡得著。例如叫做大川的獨臂男人，賴在櫻田的射擊店不走，於是老闆給他錢打發他去旅行，他聲稱要去關西成爲出色的演員，鬥志昂揚地走了，翌日卻在隔壁店裡砰砰射擊。從這個例子便可看出當時射擊遊戲對民眾的魅力。

左撇子阿彥、洗髮阿糸，再加上我，我們三人前不久由阿春領著，某個晚上去了射擊店。

繪馬俱樂部也有三流藝人，據說可能會出入射擊店，我是特地前去採訪的。她對我說，喜樂亭的大姊有很多話題供我寫小說，要介紹給我認識。

喜樂亭就在公園劇場的後臺休息室前，布景工作人員正在休息室門口乘涼，休息室窗口光著身子的演員直盯著我們瞧。

阿春沒有拿氣槍，只顧著和銀杏髻女人聊往事。

「妳當時就像法國洋娃娃一樣可愛呢，阿春的新娘子裝扮彷彿仍在眼前。那人後來怎樣了？那人常說阿春一來店裡，休息室窗口就擠滿了人，他們經常抱怨這害得戲都無法準時開演。畢竟當時洋裝可是相當稀罕。」

「大姊和十年前完全沒變才稀罕呢。」

「妳哪裡知道我十年前的樣子。」

後來阿春說，喜樂亭的大姊一生下來就被送去鄉下當養女。親生父親是說唱浪花民謠的藝人，每天從這間店往返公園的舞臺。她十八歲時來找親生父親玩，順便在射擊店幫忙，後來就落了腳。

那是十二、三年前的事了，但迄今她看起來也不過二十二、三歲。後來店面成了她的，她就讓親生父親去經營乾貨店，也將養父母從鄉下接來奉養。

阿春是六、七年前來到射擊店，現在要賺到當時十分之一的錢都很困難，據說一天頂多四、五圓。

「阿春當年扮家家酒當新娘的時候，是我們店裡生意最好的時期。」難怪她這麼說，正因爲是那般鼎盛的時代，阿春才會在射擊店撿到駒田。

鏡子與裸體

五十九

帶阿春去東京的，不消說，就是在避暑地胡鬧的不良少年，之所以安排她去美髮店，其實只是想將贓物暫時找個安全的地方寄放。

在阿春不明就裡之際，不良少年將占有且賣掉她的一切「權利」賣給了另一個同夥，而買下阿春的，就是大嬸家二樓的男人寺坂。在大嬸眼中，寺坂還只是個天真的小伙子。

大嬸家是「業餘幽會茶室」，大嬸就是專門將女孩賣去妓院的人口販子。

也就是說，寺坂讓大嬸將他買來的「貨色」從「倉庫」帶出來。站在大嬸的立場，她也利用了寺坂那夥人。就算當晚阿春幸運脫逃了，住在上野親戚家的大嬸完全可以推卸責任。

將阿春剝得精光，是他們防止她逃走的拿手招術。

寺坂向大嬸家租下二樓房間云云，當然是騙人的。

室內只有壁龕的石頭擺飾，以及鏡臺和紅色衣架。阿春被寺坂騙上二樓後，立刻發現了這場騙局。她撕開大嬸託付她的紙包一看，裡面只是三個舊坐墊。

「事後不管怎麼想，我都不明白當時從鏡中觀看自己裸體的心情。」阿春說，總之在裸體的那五天當中，她熱烈愛上了寺坂。她企圖藉著瘋狂愛上他，度過第二個危機——當然她那時並非眞的考慮得這麼清楚，而且猶疑不定。但心理上抱著自暴自棄的心態就此豁出去之後，反而脫胎換骨變得更美麗，唬住了寺坂。

她不僅沒被賣掉，反而讓男人心甘情願買洋裝給她，之後以寺坂的新娘子身分前往射擊店。就算遇到美髮店的助手同事，也只是漠然地撇過頭。

寺坂這夥人往返公園時順路去射擊店，成了同夥間的一道規矩。金車亭對面的店家「蝙蝠」就是他們的巢穴。店內只有老頭子和兒子，以及來投靠老頭子的哥哥，是難得沒僱用女人的店。

敷島牌香菸三盒一疊——四發子彈，擊落可取走，二十五錢。

敷島牌香菸三盒一疊——三發子彈，擊落可取走，十八錢。

敷島牌剪紙——三發子彈，擊落可取走，十八錢。

敷島牌上方的貓玩具——三發子彈，每次擊落貓可得敷島牌香菸一盒，十八錢。
蝙蝠牌香菸三盒一疊——三發子彈，全部擊落可得朝日牌香菸一盒，七錢。
蝙蝠牌香菸四盒一疊——四發子彈，擊落可取走，十八錢。
高級人偶——三發子彈，擊落可取走，二十錢。
普通人偶——五發子彈，擊落可取走，十錢。
拼字滾珠遊戲——珠子五顆十八錢。

目前的遊戲方式是這九種，但當時應該也差不多。

雖有九種玩法，淺草的常客打從以前就固定瞄準蝙蝠牌香菸三盒一疊，偶爾才有人大手筆去打敷島香菸三盒一疊和敷島牌剪紙。

而且像寺坂這種百發百中的高手，當然是專打蝙蝠牌香菸三盒一疊，但他玩一次只需付兩錢「子彈費」。要是將他打中的香菸都給他，店裡就不用做生意了。

所以他們在店裡淨是耍弄「岔口」或「分裂」、「拐彎」、「爬山」這些技巧，真正認眞射擊的是競技賽。

話說當時有個十五、六歲的少年，每天都來蝙蝠店裡射擊。白天玩一小時，晚上也來玩一小時。

可是有一天，他從白天就替老頭子的哥哥叫了壽司和酒在店裡玩，天黑之後也無意離去。

六十

蝙蝠牌香菸三盒一疊的臺子後方邊上，橫放著三盒蝙蝠牌香菸，夾著兩盒火柴。三發子彈將香菸全部擊落，只剩下火柴。

第二次，在敷島牌香菸的臺子後方角落放兩盒倒下的蝙蝠牌香菸，以一發子彈擊落。

第三次，在敷島牌香菸的臺子上傾斜擺放六盒蝙蝠牌香菸，以三發子彈全數擊落。

這就是當晚的「競技香菸」。蝙蝠店老闆堆積的香菸是整座公園最難擊落的，加上店裡沒女人，因此專爲切磋「射擊技術」聚集的常客最愛前來挑戰。所謂的射擊競技賽，其實就是四處向射擊店討零錢的男人，藉著某家店主辦名義，在合羽橋一帶租個場地，一個月一次聚集同好。但有時也會像這晚的蝙蝠店，打烊後才讓這些以高手自居的人切磋比賽。

結束時已快深夜一點。

「怎麼，小兄弟，你一直看到現在？我們要關門了，你明天再來吧。」

「好。」少年落寞地待在店裡角落不動。

阿春見狀跑過去，手搭在少年的肩上。

「小兄弟，隨我回去吧。要不要來我家玩？」

「好。」突然被一副大人樣穿著美麗洋裝的少女溫柔招呼，少年紅了臉。

「就這麼說定嘍？要留下過夜也行喔。」

回到向島的廉價租屋處，阿春從少年身後像要溫柔擁抱般給他披上她的浴衣，忽然按住少年的褲子。

「喲，原來你這麼有錢。小孩身上帶太多錢可不好，不如交給我們保管，你也可以一直住在這兒。」

「除了這些錢，早上我還給了射擊店的老爺爺三十圓，他也說小孩子不能帶太多錢，可是我怕統統拿出來會讓他起疑心。」少年說著，交給阿春的錢包裡有兩百五十圓。

原本一臉不悅的寺坂，這時目瞪口呆盯著阿春的臉。

「你看，我可猜中了吧。」阿春說。距離她看著鏡子裡裸體的自己已過了一個月。

「小兄弟，這麼多錢是哪來的？你該不會做了什麼壞事……」寺坂才開口，阿春隨即打斷他。

「別傻了，你又不是警察還管這麼多。小兄弟，你安心睡覺吧，很晚了。」

床鋪只有一個，寺坂立刻上床睡了。

少年是從叔叔家的保險櫃拿的錢，打從更早就每天偷拿兩、三圓來淺草玩。

說穿了很簡單，他被淺草不可思議的魅力所吸引。叔叔家在神田的小川町，總將他當成小廝使喚。

打聽出實情後，阿春悄悄伸手繞在少年脖子上，指尖輕敲他的腮幫子。

「那個保險櫃很大嗎？」

「店裡的保險櫃很小。而且我知道鑰匙放在哪裡。」

「欸，小兄弟，你老是穿運動衫配白褲子太遜了。」

「我每次都是穿這樣去跑腿。」

「是嗎，那好，明天我拿那筆錢給你買西服或和服吧。」

「我想要西服。」

「還有，從今天起你就是我們的弟弟了，不管去哪，你都得喊我們哥哥姊姊。」

「嗯。」

「對了，明天給你買衣服時，我也想買一件。」

阿春比少年大一歲。

六十一

替千代偷來狼犬幼崽的駒田，就是六、七年前的這個少年。

那筆錢只買了兩件西服和留聲機，剩下的錢三人就四處吃喝玩樂。去射擊店討回三十圓時——

「錢早就花光了。怎麼，不是你自己說要給我的嗎？」

一旦沒錢了，就嫌少年礙事。

「沒辦法，只好讓你回你叔叔那裡了。」

「錢花光了眞沒意思，我再去拿錢來。」看到少年打從心底扭曲的那股悲傷，阿春忍不住替他出了主意，建議他拿那筆錢從寺坂那裡將她買下來。

之後歷經赤帶會、黑帶會、紅團——總之過了五、六年，駒田跟著阿春走遍淺草，依照阿春的說法，她覺得自己已經失去鬥志，變得很沒出息。

然而，駒田至今仍深受淺草若有似無的魅力所吸引，猶如沉浸在夢境之中。阿春希望他能和一個積極上進的好女孩在一起，於是拜託弓子。

「妳認爲我就是那個女孩？還是要叫我物色那樣的女孩？」弓子不客氣地回了一句。

下筆至此，各位讀者，關於弓子——寫到這段時，我遇見裝扮怪異的弓子，這篇小說因而不得不臨時改變航路。

我以船來比喻小說，但我說的是眞的船。——是隅田川汽船股份公司所屬的一錢蒸氣公共輪船。

當時我從濱町河岸搭上開往吾妻橋的船。

船上有個大島的賣油姑娘，抬起眼盯著我。

她穿著深藍色飛白粗布及腰的窄袖上衣、紫色圍裙、深藍色綁腿、橡膠鞋，膝上放著黑色棉布大包袱和油紙，旁邊是竹皮製圓斗笠。頭髮紮起來，臉頰垂落碎髮，曬黑的臉上了淡妝，是略帶都市氣息的鄉下之花。這副模樣和老舊的公共輪船簡直太般配了，衣襬底下還露出薄毛呢的襯裙。

女孩嚴肅的臉孔忽地噗哧一笑，問我：

「要不要買大島的茶花油，可以送給太太當禮物。」

是弓子。

「難怪我覺得眼熟，沒想到眞的是妳。」

「也有可以讓頭髮變得烏黑濃密的珊瑚根、海帶根、油渣洗髮粉呢。」

「妳還是一樣玩心太重。」

「你才是，怎麼會搭上這種船？」

「之前寫到妳從紅丸號被帶上白色馬達小艇。爲了繼續寫小說，我正四處瀏覽大河風景。」

「賣油這段可別寫啊。」

「賣油落得人憔悴——妳又打算做什麼？」

「我在找人。」

「妳每次都在找人。」

「亂講，哪有。不這樣努力賺錢怎麼活呢？」

「租衣店連這種行頭都有啊？」

「怎麼可能，是我向賣油姑娘借來的。」

「那麼，那姑娘呢？」

「可能正在淺草聽相聲吧，要不然就是在劇場後臺休息室門口打混賣油，那才是眞正的賣油[65]。」

船抵達吾妻橋，弓子一邊戴上斗笠一邊說：

「很快你就連我都認不出來了。」她站起來，短小的深藍色飛白衣衫後襬是開衩的[66]。

65／ 賣髮油的行商經常一邊和客人閒聊一邊做生意，因此賣油亦可形容摸魚打混。

66／ 一般上衣後襬不會開衩，此處似是暗示賣油姑娘亦非正經女子。

作　　者　川端康成
譯　　者　劉子倩
社　　長　陳蕙慧
總 編 輯　戴偉傑
特約編輯　周奕君
行銷企畫　陳雅雯・汪佳穎
封面設計　IAT-HUÂN TIUNN
內頁排版　宸遠彩藝
集團社長　郭重興
發行人兼出版總監　曾大福
出　　版　木馬文化事業股份有限公司
發　　行　遠足文化事業股份有限公司
地　　址　231新北市新店區民權路108之4號8樓
電　　話　02-22181417
傳　　眞　02-86671065
Email　service@bookrep.com.tw
郵撥帳號　19588272木馬文化事業股份有限公司
客服專線　0800221029
法律顧問　華陽國際專利商標事務所　蘇文生律師
印　　刷　前進彩藝有限公司
初　　版　2022年10月
定　　價　390元
ISBN　978-626-314-289-3

歡迎團體訂購，另有優惠，請洽業務部02-22181417分機1124

國家圖書館出版品 預行編目（CIP）資料

淺草紅團／川端康成著；劉子倩譯. -- 初版. --
新北市：木馬文化事業股份有限公司出版：
遠足文化事業股份有限公司發行, 2022.10
288面； 14.8 X 21公分. --（川端康成作品集；2）
譯自：浅草紅团.浅草祭
ISBN 978-626-314-289-3（平裝）
861.57　111015062